Eliane Schierer

MEURTRES A LA CARTE

Avec au menu:

Qui a tué le boucher de Luxembourg-Ville?

Meurtre au domaine de la Faune

Crimes et Intrigues à Ostende

Qui a tué le boucher de Luxembourg-Ville?

Résumé

Le boucher de la *Place d'Armes,* Raymond Weiss, est retrouvé assassiné dans sa chambre froide.

C'est sa vendeuse, Véronique Planchon, qui découvre son corps.

L'assassin veut faire croire aux enquêteurs que c'est un vol qui a mal tourné. Il brouille les pistes, mais commet des erreurs.

Les analyses de la médecin légiste confirment que la victime a été empoisonnée à la *BELLADONE.*

Qui avait un motif pour le supprimer ?

Est-ce que cet homicide est lié à une ancienne enquête ?

L'inspecteur Majerus et l'inspecteur adjoint Glesener sont chargés de retrouver son meurtrier.

Il faisait froid en ce vendredi matin de décembre. La capitale luxembourgeoise se trouvait sous un épais manteau de brouillard. Sur les arbres de la *Place d'Armes* se formaient de petites gouttelettes givrées. Les stands du Marché de Noël étaient encore fermés. Ils n'ouvraient que vers 10 heures du matin. Les décorations de Noël sur les arbres étaient à peine visibles.

À 7 heures du matin, Véronique Planchon, la vendeuse de Raymond Weiss, le boucher de la Place d'Armes, se rendait à son travail. Elle chercha son patron dans le magasin, mais en vain. Véronique habitait à Thionville. Comme elle, beaucoup de frontaliers venaient au Grand-Duché pour y travailler.

— Mais où est-il donc passé? pensa-t-elle. Toutes les lumières du magasin étaient allumées, c'était bizarre. Pas de trace de son patron! La caisse était entrouverte ! Y avait-il eu un vol ?

Véronique sentait la peur l'envahir !

Normalement Raymond était déjà à la boucherie car les employés et ouvriers qui se rendaient à leur travail venaient faire leurs courses tôt le matin.

Ils achetaient des casse-croûtes au salami ou au jambon et des salades ; quelquefois un peu de viande ou du poulet rôti pour le soir. La boucherie proposait également des bouchées à la reine et de la salade de pommes de terre.

Véronique, de plus en plus inquiète, ouvrit la porte de la chambre froide pour y sortir tout ce dont elle avait besoin pour garnir la vitrine. Les premiers clients allaient arriver d'une minute à l'autre.

Soudain, elle poussa un cri strident ! Son patron était allongé là, au milieu de la chambre froide. Ses yeux horrifiés étaient grands ouverts! Véronique sortit immédiatement et forma le 113. Elle ferma le magasin et attendit la police Grand-Ducale. Son cœur battait la chamade, elle était sous le choc.

— Le pauvre pensa-t-elle, mais qui lui en voulait à ce point? Certes Raymond n'avait pas la langue dans sa poche, mais c'était un gars gentil et humain. Il avait quarante ans.

Dix minutes plus tard les policiers arrivèrent sur le lieux du crime. L'inspecteur Roland Majerus et l'inspecteur adjoint Nico Glesener étaient chargés de l'enquête.

— ..*Moien Madame, hu der eis elo grad ugeruf ?* demanda Majerus.

— Excusez-moi, je ne comprends pas le luxembourgeois, répondit Véronique

— Est-ce vous qui nous avez appelés, Madame? répéta Majerus.

— Oui, c'est moi. Je suis Véronique Planchon. J'ai découvert le corps de mon patron ce matin en ouvrant la chambre froide. Mon Dieu c'est horrible, je ne m'en reviens pas.

— Je suis l'inspecteur Roland Majerus, et voici mon collègue l'inspecteur adjoint Nico Glesener du commissariat de la gare. Nous allons appeler le parquet et Monsieur le Procureur, Jacques Wietor. Ils vont contacter la police scientifique, rétorqua Majerus. Ne touchez à rien, c'est une scène de crime!

— Merci. Désolé, mais le magasin restera fermé jusqu'à ce que les agents auront tout analysé au peigne fin.

— Donnez-nous votre numéro de portable, nous vous convoquerons au commissariat de police pour que vous signiez votre déposition. Nous allons de ce pas prendre vos empreintes pour ne pas faire d'erreur d'identification, s'exclama Majerus.

— Ah, encore une question? Monsieur Weiss, avait-il de la famille, quelqu'un que l'on puisse contacter pour le prévenir du décès?

— Oui, je vais vous donner le numéro de portable de son frère, Carlo Weiss, le pharmacien de la Place de Paris. Il est le propriétaire de la pharmacie *GLOBAL*.

Un instant ! Merci.

Véronique prit un calepin et copia le numéro de portable et l'adresse de la pharmacie sur une petite feuille de papier.

— Il avait également une compagne, Marie-Claire Mertens, mais je n'ai pas ses coordonnées.

— Elle travaille au Ministère des Transports. Vous n'aurez certainement aucun mal à la contacter.

— Est-ce qu'il manque quelque chose, de l'argent peut-être ? demanda Majerus.

— A première vue non, je ne crois pas. Monsieur Weiss enfermait les recettes de la journée dans son coffre-fort.

— Puis-je partir, j'habite à Thionville? Quand dois-je venir au commissariat Messieurs?

— Bon, venez demain matin vers 9 heures, Madame Planchon, s'il-vous-plaît!

— D'accord, au-revoir Messieurs, trouvez-vite le meurtrier! De plus je suis sans travail maintenant!.

De grosses larmes coulaient le long de ses joues roses. Glesener la réconforta tant bien que mal.

— Merci pour votre aide Madame Planchon! A demain !

Véronique sortit de la boucherie anéantie! Majerus contacta immédiatement le procureur.

Une foule s'amassait dehors devant le petit commerce. Un meurtre au coeur de Luxembourg-Ville.....! Incroyable, mais vrai!

Majerus avait la trentaine. C'était un bel homme blond aux yeux bleus. Glesener était plus âgé, il devait frôler la quarantaine. Il avait les yeux verts et portait des lunettes noires. Ses cheveux étaient grisonnants.

La police scientifique arriva à grands coups de "pin pon pin pon". Christine Mueller, la médecin légiste, Sonia Becker et Monique Schmitt de la police scientifique sortirent de la Mercedes noire.

— Bonjour Roland, Bonjour Nico, s'exclamèrent-elles toutes les trois.

— Bonjour tout le monde, répondirent Glesener et Majerus.

— Où est la victime? demanda Christine.

— Dans la chambre froide sur la gauche du magasin.

— Eh bien dites-donc, ce sera difficile pour rendre un avis aujourd'hui, il faut d'abord que la victime soit décongelée.

— Quelle mort horrible, le pauvre homme ! s'écria Sonia.

Sonia et Monique commencèrent à relever les empreintes sur la poignée de la porte de la chambre froide, dans la chambre froide, dans le magasin, sur le tiroir-caisse. Elles passèrent tout au peigne fin et prirent des photos du magasin et de la scène de crime. Après une heure, Majerus s'adressa à Christine.

— Qu'en penses-tu Christine?

— A première vue la victime était déjà morte avant que le ou la meurtrière l'enferme dans la chambre froide.

— Tu crois que quelqu'un l'a assassiné avant de l'enfermer là dedans?

Christine enchaîna :

— Oui c'est ce que je pense, il n'y a pas de blessures apparentes sur le corps, ni de points d'injection, je ne vois pas d'hématomes sur la victime; à première vue je dirais que Monsieur Weiss à été enfermé dans la chambre froide après que quelqu'un l'ait supprimé.

— J'ai l'impression qu'il a été empoisonné. Mais pour confirmer mes dires il faudra que vous patientiez, désolée. Je vous contacte demain, car, comme je l'ai dit, on mettra du temps à vous fournir les premiers résultats, le corps étant encore congelé. Je ne peux rien affirmer à 100%.

— D'accord Christine à demain.

— Sonia, Monique, avez-vous fait les photos de la victime et de la scène de crime? demanda Christine.

— Oui c'est fait! Nous avons terminé.

— On va faire venir le corbillard de la police qui emmènera le corps pour l'autopsie à l'institut médico-légal.

— Je ne crois pas que ce soient des voleurs qui aient fait le coup, s'exclama Majerus! C'est ce que l'on veut nous faire croire, mais c'est une erreur ! J'ai des doutes là dessus.

— C'est possible, répondit Christine.

— Merci, à demain, messieurs dames!

Et Christine quitta les lieux avec son équipe.

— Bon, on va aller voir l'amie et le frère de la victime, dit Majerus. L'inspecteur adjoint Glesener regarda sa montre. Il était 10 heures.

Les enquêteurs s'arrêtèrent devant la pharmacie. Il y avait beaucoup de monde à l'intérieur. L'on entendait certains clients tousser et éternuer.

— Bonjour, nous sommes de la police Grand-Ducale. Je suis l'inspecteur Majerus, et voici mon collègue, l'inspecteur adjoint Glesener. Est-ce que nous pourrions vous parler Monsieur Weiss ?

— Bien sûr, mais à quel sujet ?

— Pourrions-nous passer dans une pièce voisine, ce serait préférable? Weiss les emmena dans son bureau.

— Nous sommes désolés Monsieur Weiss, mais nous avons une triste nouvelle à vous annoncer. Votre frère, Raymond a été assassiné. Sa vendeuse l'a trouvé ce matin dans la chambre froide.

Carlo Weiss avait changé de couleur. Son visage était livide.

— Oh mon Dieu, je me sens mal! Mais qui lui en voulait donc à ce point? Mon frère était un gars bien, toujours une bonne parole pour ses clients et amis.

— Est-ce qu'il avait reçu des menaces ces derniers temps, Monsieur Weiss? demanda Glesener. L'assassin veut nous faire croire que c'est un vol qui a mal tourné, nous ne sommes pas du même avis !

— Non pas que je sache, je ne lui connaissais pas d'ennemis.

— Est-ce que je peux le voir? demanda Weiss.

— Non désolé, son corps est à l'institut médico-légal pour le moment. Madame Planchon, sa vendeuse, a identifié le corps. Nous devons faire une autopsie. Nous ne savons pas encore de quelle façon il a été tué. Dès que la cause de son décès sera connue nous vous informerons pour que vous puissiez organiser son enterrement, répondit Majerus.

— Quand avez-vous vu votre frère pour la dernière fois? demanda Glesener.

— C'était hier matin, il est passé à la pharmacie pour un médicament que son médecin lui avait prescrit.

— Il avait un lumbago et le médecin lui avait prescrit un antalgique le *LEXOMAN*.

— Mon frère souffrait également d'une hernie discale.

— Il devait être 7 h 30. Nous ouvrons à partir de 7 heures. Cela permet aux personnes qui travaillent de venir chercher leurs médicaments tôt le matin.

— Ou étiez-vous hier soir, Monsieur Weiss? demanda Majerus.

— En voilà une question, j'étais chez moi avec ma femme, vous pouvez l'appeler, voici son numéro de portable. Weiss semblait vexé et agacé.

— Monsieur Weiss, nous sommes désolés, mais nous menons une enquête pour meurtre, ce sont des questions de routine !

— Avez-vous déjà informé sa compagne, Madame Mertens? demanda Weiss.

— Nous allons passer au ministère maintenant!

— Auriez-vous l'amabilité de passer au commissariat dans l'après-midi? Nous devons relever vos empreintes et enregistrer votre déposition. C'est pour le besoin de l'enquête.

— D'accord je vais venir cet après-midi, vers 17 heures ça ira?

— Oui très bien.

En sortant Majerus appela le numéro de portable de Madame Mertens. Elle était à son travail. Marie-Christine était surprise car elle ne savait pas exactement ce que la Police Grand-Ducale lui voulait.

Le trafic était dense. Les travaux de construction du nouveau tram, relayant la gare au Kirchberg, allaient bon train! Ils étaient pratiquement achevés.

Marie- Claire les attendait dans son bureau.

— Bonjour Madame Mertens. Désolés de devoir vous importuner. Nous avons une triste nouvelle à vous annoncer. Votre compagnon, Raymond Weiss a été assassiné.

— C'est Madame Planchon, sa vendeuse, qui a découvert son corps dans la chambre froide ce matin. De grosses larmes coulaient sur le visage anéanti de Marie-Claire. Elle sanglotait. Glesener essayait de la consoler de son mieux.

— Mais avez-vous une idée sur l'identité de son assassin? Je ne lui connaissais aucun ennemi.

— Mon compagnon était une personne joviale et aimable. Est-ce que je pourrais le voir?

— Non, désolé Madame, son corps est à l'institut médico-légal. Notre médecin légiste doit procéder à son autopsie. Nous devons élucider la cause de sa mort. Dès que les analyses seront terminées nous vous avertirons. Nous venons d'en informer également Monsieur Carlo Weiss.

— Quand avez-vous vu Monsieur Weiss pour la dernière fois? Que faisiez-vous hier soir? demanda Majerus.

— Mais pourquoi me soupçonnez-vous, Messieurs?

Marie—Christine avait changé de couleur, elle pinça les lèvres. Cela lui donnait un air antipathique.

— Madame Mertens, nous menons une enquête, veuillez répondre, fit Glesener d'un ton ferme.

— J'ai quitté Raymond hier soir aux environs de 22 heures. Nous avons dîné au *Christal Emperor* le restaurant Thaï à Bonnevoie.

— Je n'ai rien remarqué, Raymond était comme d'habitude.

— Est-ce que vous avez vu quelqu'un au restaurant que vous connaissiez? demanda Majerus.

— Oui, nous avons vu André Weisgerber, un ami de mon compagnon. Il était son jardinier. Il nous a vu à travers la vitre du restaurant. Son fils est mort l'année dernière d'un cancer du pancréas. Je suis allée aux toilettes et quand je suis revenue André n'était plus là. Raymond lui avait offert un apéritif ; il n'est resté que quelques minutes. Le pauvre homme est anéanti depuis la mort de son fils. Il n'avait que 25 ans. La femme d'André est morte il y a 4 ans à la suite d'un AVC. Décidément quand le destin s'acharne sur les familles….. !

— Merci pour ces informations, rétorqua Majerus. Auriez-vous l'amabilité de passer au commissariat de police, cet après-midi? Nous devons relever vos empreintes, simple question de routine. Et nous aurions besoin également d'une liste de personnes qui connaissaient bien votre compagnon.

— Est-ce possible Madame Mertens?

— D'accord je vais passer vers 16 heures. Cela ira pour vous?

— Oui Madame Mertens, à cet après-midi. Majerus et Glesener sortirent..

— Hum, quelle bonne femme arrogante, commenta Glesener. Mais pour qui se prend-elle ?

— Je suis de ton avis, mais là je commence à avoir faim, rétorqua Majerus.

— Moi aussi, répondit Glesener.

Majerus regarda sa montre. Il était midi trente.

— Et si nous allions déjeuner chez *NESTOR*? Qu'en penses-tu? Les pizzas y sont très bonnes, suggéra Majerus.

— Bonne idée, allez on y va! Cette bonne femme ne va pas nous couper l'appétit, nom d'une pipe!

Le restaurant se trouvait dans le rue du Nord au centre-ville. Les enquêteurs laissèrent leur voiture dans le parking souterrain non loin du restaurant. A l'intérieur de la pizzeria se trouvaient de petites tables en bois avec des nappes rouges et blanches carrées. Sur les bougies multicolores la cire avait coulé. Quelques clients étaient attablés à l'avant du restaurant. Dans la deuxième salle il n'y avait que quelques tables qui étaient occupées. Apparemment les clients préféraient se régaler au marché de Noël! Sur le mur se trouvait une affiche du festival du film italien de Villerupt . Les pizzaïolos s'affairaient devant le grand four. Ils y mirent du bois. L'atmosphère était bon—enfant et cela plaisait aux inspecteurs.

— Donc, qu'est ce que tu prends? demanda Majerus.

— Je vais prendre un trio de pâtes.

— Et moi, je vais prendre une pizza au jambon fromage.

— Résumons ce que nous savons jusqu'à présent, dit Glesener. Raymond Weiss a été assassiné avant que son meurtrier ou sa meurtrière ne l'enferme dans la chambre froide. Christine pense que quelqu'un l'a empoisonné. Qui avait un motif? Est-ce un membre de sa famille? Je suis curieux de voir la liste de ses connaissances. Si ce n'est pas un familier, qui est-ce? Soudain le portable de Majerus sonna. C'était Jacques Wietor, le Procureur Grand—Ducal.

— Bonjour Raymond, je vous dérange? Vous-êtes en train de déjeuner je suppose, excusez-moi ! Alors que pensez-vous de cet assassinat? Le pauvre homme, quelle mort horrible !

— Bonjour Monsieur le Procureur, en effet nous sommes en train de déjeuner. Mais ne vous inquiétez pas, l'enquête suit son cours.

— Nous avons entendu le frère et l'amie du défunt. Ils viendront cet après-midi au commissariat signer leur déposition. La compagne de Monsieur Weiss va nous donner une liste avec toutes les connaissances de la victime.

Nous allons enquêter et sur sa famille et sur ses amis. Nous allons procéder par élimination comme d'habitude.

— Bien, dès que vous aurez du nouveau, avertissez-moi. Je ferai, par la suite, transférer l'assassin au juge d'instruction. Au-revoir Messieurs.

— *Aeddi Herr Wietor a scheinen Week-end*, répondit Majerus
— *Aeddi Herr Majerus, Merci gleichfalls.*

Cinq minutes plus tard le serveur apporta le trio de pâtes et la pizza. Un délice pour les yeux et l'estomac.

Vers 14 heures les enquêteurs rentrèrent au commissariat de police.

— Alors, Marine, demanda Majerus à une collègue qui s'approcha de lui; raconte - moi ce qui s'est passé ce matin ici, car comme tu le sais certainement Nico et moi-même enquêtons sur la mort de Monsieur Raymond Weiss, le boucher de la *Place d'Armes*.

— Oui ça alors un meurtre en plein centre de Luxembourg-Ville! Incroyable.

— Eh bien, il y a eu un vol d'un sac à main à la gare, et deux cambriolages à Beggen. J'ai pris les dépositions. Nous avons débuté les enquêtes. La femme qui s'est fait dérober son sac est blessée, mais elle a reconnu son agresseur. Elle se trouve au Centre Hospitalier de Strassen. Nous allons l'interroger et essayer de dresser un portrait robot de son agresseur. Ah et l'inspecteur Armand Weidert de la brigade des stupéfiants d'Esch-sur-Alzette a appelé pour vous. Il voudrait que vous le rappeliez s'il-vous-plaît. J'ai laissé son numéro sur votre bureau.

— Merci Marine, c'est bien, tu me tiendras informé. Je vais appeler l'inspecteur Weidert maintenant. Attends juste un instant. Merci.

— Allô, bonjour c'est l'inspecteur Majerus à l'appareil. Vous avez demandé à ce que je vous rappelle Monsieur Weidert.

— Bonjour inspecteur. Oui en effet, j'aurais besoin de renfort si possible. Nos gars sont sur la piste de trois dealers de la rue du Commerce.

— Hélas, j'ai deux agents qui sont en maladie. Enfin, on ne choisit pas d'être malade. Mais nous sommes sur le point de mettre la main sur les coupables et de remonter la filière.

— Comme vous savez nous enquêtons sur la mort du boucher de la *Place d'Armes*, rétorqua Majerus, mais je peux vous envoyer le brigadier en chef, Daniel Schlechter pour vous épauler. Je ne puis, hélas vous envoyer Marine Scheer, car elle enquête sur deux cambriolages et un vol avec coups et blessures.

— Je vous remercie, c'est très aimable de votre part. Je vous renverrai l'ascenseur, n'ayez crainte ! s'exclama Weidert.

Et l'inspecteur Majerus raccrocha le combiné. Marine Scheer se mit en route pour interroger la victime du vol à main armée. Majerus lui avait dit qu'elle devrait y aller seule, son collègue, Daniel Schlechter, devant partir à Esch-sur-Alzette pour épauler l'inspecteur Weidert.

Majerus regarda sa montre : 16 heures.

— Tu veux un café, Nico ? Oui, je veux bien.

Soudain ils entendirent frapper à la porte du bureau. C'était Marie-Claire Mertens qui entra. Elle était habillée d'un pantalon et d'une veste noire et d'un chemisier blanc en soie de chine.

— Merci Madame Mertens d'être venue pour votre déposition, dit Glesener.

— Voulez-vous un café?

— Oui Merci, je n'ai rien mangé, j'ai l'estomac tout retourné, mais un café me ferait du bien!

— Avez-vous rapporté la liste avec les amis de votre compagnon et leurs coordonnées ?

— Oui la voici.

Cette fameuse liste ne contenait pas beaucoup de noms. Majerus en compta cinq.

— Merci Madame Mertens, nous allons encore relever vos empreintes, dit Glesener.

— Vous pouvez partir, mais ne quittez pas la ville, nous aurons encore besoin de vous en tant que témoin. Merci.

Dix minutes plus tard Marie-Claire sortit du bureau.

— Nous allons attendre le frère de la victime, puis nous passerons au *Christal Palace*. Ils ne sont pas ouverts avant 18 heures, je pense, dit Majerus.

— Et si nous appelions notre famille pour les prévenir de notre arrivée tardive ? rétorqua Majerus. On a encore quinze minutes avant la venue du frère de la victime

— Allô Malou. C'est Roland. Tu vas bien ? A l'autre bout du fil une petite voix timide se fit entendre.

— Malou chérie, je dois faire des heures supplémentaires. Nico et moi devons élucider le meurtre du boucher de la *Place d'Armes*, désolé, le week-end débute mal, je n'y peux rien.

— Mais à quelle heure vas-tu rentrer? Je dois vous ramener à manger ? J'ai encore du poulet froid et des petits-pains au frigo.

— Je ne sais pas nous sommes en plein interrogatoire, et nous devons éplucher une liste de témoins. Désolé ma chérie.

— Je vais arriver avec les sandwichs vers 19 heures, pas de soucis. Et pour le meurtre je sais, ils l'ont dit sur RTL ce matin. Ils ne parlent que de cela. Quelle histoire!

— Merci Malou, embrasse Sébastien de ma part.

Les Majerus avaient un fils de 10 ans. Malou travaillait dans une crèche au centre de Luxembourg-Ville.

Nico, de son côté appela sa compagne Anne-Claire Berthier pour l'avertir qu'il allait rentrer plus tard. Ils n'avaient pas d'enfants. Sa compagne était française. Elle travaillait au Parlement Européen en tant qu'interprète.

— Malou va nous apporter des en-cas aux environs de 19 heures, dit Roland.

— C'est très gentil de sa part, on y va Roland?

Les enquêteurs se dirigèrent vers le *Christal Palace*.

Le patron était un Vietnamien qui parlait couramment le français.

— Bonjour Messieurs, comment puis-je vous aider? Je suis le propriétaire de ce restaurant, Pam Quang. Pourquoi les agents de police viennent me trouver?

— Monsieur Pam Quang voici l'inspecteur adjoint Glesener, je suis l'inspecteur Majerus. Nous enquêtons sur la mort du boucher Raymond Weiss. Il a été assassiné dans la nuit de jeudi à vendredi.

— Mais qu'est-ce que mon restaurant a avoir avec son décès, je ne comprends pas Messieurs? Expliquez-moi. Comment est mort cet homme?

— Est-il exact que la victime a déjeuné ici hier soir, voici sa photo? demanda Majerus. Est-ce qu'il était accompagné d'une femme? La victime a probablement été empoisonnée. Les résultats de l'autopsie doivent nous parvenir demain matin.

— C'est affreux, oui bien sûr, je connais ce couple, ils viennent depuis de nombreuses années chez moi. Oui ils étaient ici hier soir. Par la suite, un homme les a rejoints, mais il n'a bu qu'un apéritif, puis il est reparti.

— Est-ce que vous avez remarqué quelque chose de bizarre, d'inhabituel? Est-ce que quelqu'un aurait pu lui verser du poison dans son alimentation ou bien dans sa boisson? demanda Majerus.

Pam Quang blêmit.

— Vous ne croyez tout de même pas que c'est quelqu'un du personnel ou un des clients qui a fait cela? Mon Dieu la réputation du restaurant va être ternie!

— Monsieur Pam Quang, nous sommes juste au début de l'enquête, et nous devons suivre toutes les pistes. Si vous et votre personnel êtes innocents, votre restaurant ne subira aucun préjudice. Nous y veillerons, n'ayez crainte!

— Je n'ai rien remarqué je l'avoue. Je vais vérifier dans les poubelles s'il reste encore de cette nourriture que le couple a mangé. Je peux vous la donner pour que vos services puissent l'examiner. Ils ont bu une bouteille d'eau et deux cafés. Malheureusement la vaisselle a été faite. Ici je ne puis vous aider.

— Bien, nous vous attendons ici. Allez chercher les mets, s'il-vous-plaît !

— Je peux vous servir un café pour patienter ! Excusez-moi.

— Volontiers, Merci, Monsieur Pam Quang.

Les enquêteurs burent leur café. La journée avait été longue et mouvementée et la fatigue se faisait ressentir. Dix minutes plus tard, Pam revint ; il tenait dans sa main trois sacs de 100 litres de détritus.

— Voilà Messieurs, j'espère que vous trouverez un indice et réussirez à capturer le meurtrier. Tenez-moi au courant. Merci !

— Au-revoir Monsieur Pam Quang. Merci pour votre collaboration. Nous vous demandons juste de ne pas quitter la ville et de vous tenir à la disposition de la justice. Nous aurons certainement encore besoin de votre aide, rétorqua Majerus.

Glesener regarda le clocher de la cathédrale.Il était 18 h 45.

Ils déposèrent les trois sacs d'ordures à la police scientifique et continuèrent.

— Malou va bientôt arriver avec les sandwichs. Hum, je commence à avoir faim !

De retour au commissariat ils virent que Malou les attendait déjà avec Sébastien.

Celui-ci sauta au cou de son père.

— Bonsoir ma chérie, merci, c'est gentil de ta part. Comment s'est passée ta journée?

— J'avais trois enfants malades à la crèche avec une grippe intestinale, j'ai dû appeler les parents. J'espère que cela ne va pas se propager aux autres. On verra d'ici lundi.

— Et toi Sébastien, comment c'était à l'école?

— Papa, je suis content, c'est les vacances depuis cet après-midi. Nous avons chanté des chansons de Noël ce matin. Et pour le bulletin, le voici, il n'est pas trop mal. Regarde!

— Hum, je vois, pour les maths il faudra que tu révises un peu pendant les vacances. C'est limite. Maman s'en chargera. Comme cela tu auras moins de problèmes pendant le deuxième trimestre. D'accord fiston?

— Ouah, je déteste les maths, mais bon c'est d'accord! Tu viendras avec nous au cinéma papa?

— Oui dimanche, on ne travaille pas, vois avec maman ce que tu veux aller voir à *Utopolis*!

— Super papa, Merci.

— C'est donnant, donnant, n'est-ce pas Sébastien!

— Oui j'ai compris t'en fais pas. Je vais réviser dès lundi.

— Allez viens, on part, rétorqua Malou, papa est occupé. A ce soir.

Les époux s'embrassèrent et Malou et Sébastien quittèrent le commissariat.

— Bon appétit, dit Majerus et il regarda manger Glesener avec un sourire. Les policiers se mirent à travailler sur la liste des cinq personnes de Madame Mertens. Heureusement qu'elle contenait également les numéros de portable.

— Madame Ginette Heynen, avocate de la victime. Elle habitait à Bel—Air. Elle gérait un cabinet avec maître Gaston Walsch, un des meilleurs avocats de la ville. Monsieur André Weisgerber. Il est retraité. C'était le jardinier de Monsieur Weiss quand il habitait encore à Ettelbrück.

— Monsieur Charles Sauva, professeur de sport. Ce dernier demeurait à Esch-sur— Alzette.

— Madame Charlène van der Kerken : expert-comptable. Elle habitait à Hollerich.

— Monsieur Erny Massoni, :professeur d'italien. Ce dernier résidait à Rumelange.

— Bon, nous allons convoquer Heynen et van der Kerken pour demain matin, car ils habitent tout près. Les autres, on va essayer, mais bon on verra s'ils peuvent venir ou non demain après-midi. Sinon au plus tôt lundi, dit Majerus.

Il donna un rendez-vous à Madame Heynen pour 10 heures. Glesener convoqua Madame van der Kerken pour 11 heures. Monsieur Charles Sauva fut convoqué pour 15 heures. Monsieur Massoni pour 16 heures. Enfin Monsieur Weisgerber, qui était alité à cause d'une grippe intestinale, fut convoqué pour lundi 9 heures. Glesener regarda sa montre. Il était 20,30 heures.

— Je pense que nous devrions rentrer à la maison, dit Majerus. Demain et la semaine prochaine on aura encore beaucoup de pain sur la planche! De toute façon on ne peut plus avancer aujourd'hui.

— Tu remercieras Malou pour les sandwichs, ils étaient très bons.

De retour chez eux, les deux enquêteurs prirent une douche et se couchèrent. Ils avaient besoin d'énergie pour continuer l'enquête.

L'horloge de la gare afficha huit heures quand Majerus et Glesener entrèrent au commissariat. Ils prirent un café au distributeur et se dirigèrent vers leur bureau. A peine avaient-ils enlevé leur manteau, que le téléphone du commissariat sonna. C'était Christine Mueller, la médecin légiste.

— Bonjour Roland, comment ça va depuis hier? Alors voilà, je t'envoie le scan du rapport des analyses et de l'autopsie au sujet du boucher. C'est ce que j'avais pensé. Notre boucher a été empoisonné. Il avait des traces d'un antalgique puissant dans le sang, le *LEXOMAN*. Mais le poison qui l'a tué c'est la *Belladone*. Il avait de tout petits morceaux de fruits non digérés dans son estomac. Il a dû souffrir le martyre !

— Il faudra trouver par quel moyen on lui a administré ce poison. Il est mort aux environs de minuit. L'autopsie était plus difficile que d'habitude car le corps était congelé. Nous avons déjà enquêté au restaurant et remis à la scientifique trois sacs de détritus divers. On verra ce qu'ils vont trouver. Pour le *LEXOMAN* il avait un lumbago et une hernie discale. Ce médicament vient de la pharmacie de son frère. Pour la *Belladone* on devra chercher. Nous allons attendre les résultats de la police scientifique.

— Bon sang, je me demande à quel moment l'assassin lui a administré ce poison? s'écria Glesener.

A peine Majerus avait-il raccroché qu'on entendit frapper à la porte du bureau.

C'était Véronique Planchon, la vendeuse de Weiss.

— Bonjour Messieurs, je viens signer ma déposition.

— Bonjour Madame Planchon. Merci d'être venue. Alors voilà, nous avons reçu les analyses au sujet de l'assassinat de votre patron. Monsieur Weiss a été empoisonné à la *Belladone*. Est-ce que vous vous rappelez d'un détail aussi minime soit-il qui pourrait nous aider? demanda Glesener.

— Laissez-moi réfléchir, ah, ça y est. J'ai entendu Monsieur Weiss se disputer avec quelqu'un au téléphone c'était il y à trois jours, oui c'était mercredi à la fermeture vers 18 heures. Il a dit à son interlocuteur de le laisser tranquille. Malheureusement je ne puis vous dire de quoi et de qui il s'agissait. Je n'espionnais pas mon patron !

— C'est très bien. Nous vérifierons Madame Planchon. Nous allons prendre encore vos empreintes et puis vous pourrez partir. N'oubliez pas de signer votre déposition. Si vous désirez assister aux obsèques, adressez-vous à son frère ou à sa compagne. Mais pour le moment le corps est à l'institut médical. Merci pour votre aide, dit Majerus.

— Nous avons travaillé trois ans ensemble, je lui dois au moins cela. Il m'a toujours respectée et n'était pas avare vous savez.

— De temps à autre il me donnait de la viande gratuitement. Je vis seule et je dois m'occuper de mes deux enfants de 8 et 10 ans. Mon mari m'a quitté il y a deux ans. Trouvez vite celui qui l'a assassiné. Au- revoir Messieurs!

Véronique quitta le bureau en larmes.

— Pauvre femme, c'est touchant, et maintenant elle est au chômage, rétorqua Glesener. Mais qui sait, il y aura peut—être un commerce sur la *Place d'Armes* qui voudra bien embaucher Madame Planchon!

Soudain on entendit frapper à la porte!

— Entrez, dit Majerus.

— Bonjour Messieurs, je suis Ginette Heynen, vous m'avez convoquée!

Devant eux se tenait une femme élancée, très élégante, d'une quarantaine d'années. Elle avait de longs cheveux blonds. Son tailleur "pied de poule", style Channel, lui allait comme un gant.

Son eau de toilette ne devait pas être bon—marché, pensa Glesener, car elle embaumait le bureau. De petites lunettes noires ornaient un nez très fin. C'était une femme sympathique.

— Bonjour Madame Heynen, Merci d'être venue. Voulez-vous un café?

— Oui Merci.

Je suis l'inspecteur Majerus et voici mon collègue, l'inspecteur adjoint Glesener.

— Madame Heynen, comme je vous l'ai expliqué au téléphone, nous sommes en train d'enquêter sur le meurtre de Monsieur Weiss, le boucher de la *Place d'Armes*. Madame Mertens, sa compagne, nous a transmis une liste avec les noms de ses connaissances et amis. Parmi ces noms figurait le vôtre, dit Majerus.

— Oui c'est exact, je suis l'avocate de Monsieur Raymond Weiss. Enfin, j'étais son avocate. Mais comment est-il décédé? Ils l'ont annoncé hier sur RTL !

— Il a été empoisonné et son ou sa meurtrière a déposé son corps dans la chambre froide du magasin pour brouiller les pistes, rétorqua Majerus.

— Mais comment puis-je vous aider ? Qu'attendez-vous de moi?

— Madame Heynen nous ne devons négliger aucune piste qui nous permettrait de remonter jusqu'à son assassin. Dites-nous en un peu plus sur sa personnalité! Chaque détail compte!

— Pour commencer, Monsieur Weiss m'avait mandaté pour le représenter lors d'un procès. En effet, il était accusé d'avoir vendu de la viande avariée qui a causé la mort d'une personne. C'était il y a dix ans. A l'époque il avait un magasin à Ettelbrück. L'autopsie de la victime a révélé néanmoins qu'elle n'était pas morte de la consommation de viande avariée, mais d'une crise cardiaque. La victime s'appelait Marta Cecchini et avait 60 ans. Mais ce que

Monsieur Weiss avait découvert avec l'aide des services vétérinaires, c'est qu'il avait un aide—boucher qui trafiquait effectivement avec de la viande avariée. Il l'a licencié immédiatement et cet apprenti a dû payer des dommages et intérêts à Monsieur Weiss. Vous pouvez vous imaginer la suite! Même si vous êtes innocenté, il reste toujours ce petit quelque chose, le doute chez certaines personnes. Sa boucherie ne marchait plus. Et tout cela à cause de son aide-boucher. Il a dû mettre la clef sous la porte. Peu après il a ouvert son magasin ici sur la *Place d'Armes*. C'était un brave gars, il n'était pas violent, et je dois dire qu'il avait beaucoup de courage. Il n'a plus engagé personne et je peux le comprendre. Mais bon, tous les employés ne sont pas des bandits. Monsieur Weiss avait son franc parler certes, mais je ne peux m'imaginer qui a pu lui en vouloir à ce point ! Pensez-vous que son assassinat soit lié à cet événement ?

— L'enquête débute seulement Madame Heynen, on en saura plus dans quelques jours, répondit Majerus.

— Avez-vous encore besoin de moi? J'ai du travail qui m'attend au bureau. Eh oui, moi aussi je travaille quelquefois le samedi ! Et elle sourit.

— Non pour le moment ce sera tout. Si jamais il vous venait en mémoire d'autres détails que nous ignorons, veuillez-nous en informer et n'oubliez pas de signer votre déposition. Merci, Madame Heynen ! Ah, j'ai encore un service à vous demander ? Ce serait très aimable de nous envoyer le procès-verbal de l'audition de Monsieur Weiss du Tribunal. Nous en aurons certainement besoin pour faire avancer l'enquête ! Cette affaire est peut-être liée au meurtre et le secret professionnel est donc caduc. Voici mes coordonnées !

— D'accord, je vous l'envoie, pas de soucis. Au-revoir et bon dimanche.

— Elle est sympathique, rétorqua Majerus. Et belle répondit Glesener, ahaha !

— Le meurtre de Weiss est peut-être lié à son passé? Quelqu'un ne croyait pas en son innocence, dit Majerus. Cela se pourrait, mais bon on va encore auditionner ses autres connaissances. On en saura un peu plus sur sa personnalité. A mon avis, ce n'est pas la seule piste qu'on doive suivre.

Vers 11 heures la porte du bureau s'ouvrit :

— Bonjour Messieurs, je suis Charlène van der Kerken, vous m'avez priée de passer au commissariat aujourd'hui !

— Bonjour Madame, je suis l'inspecteur Majerus, voici l'inspecteur adjoint Glesener. Merci d'être venue. Voulez-vous un café ?

— Oui volontiers. Comment puis-je vous aider ?

— Nous enquêtons sur le meurtre de Monsieur Raymond Weiss. Quelle était votre relation avec le défunt ? demanda Majerus.

— J'étais sa comptable. J'ai appris hier matin à la radio qu'il était décédé. Mon Dieu quelle horreur. Pauvre homme ! Qui a fait une chose aussi horrible ?

— C'était une personne sympathique qui s'est battue pour ressurgir dans sa profession. Après le coup qu'il a subi à Ettelbrueck ! Quelle force de caractère. Chapeau ! Je le connais depuis 10 ans. Dès qu'il a ouvert son magasin sur la *Place d'Armes* il est venu me voir pour que je l'aide avec sa comptabilité. Je suis experte-comptable et je travaille à mon compte. Le magasin marchait très bien, heureusement pour lui. Je vous assure qu'il n'a pas de dettes.

— Lui connaissiez-vous des ennemis, des personnes qui auraient pu lui en vouloir?

— Mise à part cette sordide histoire qui s'est déroulée à Ettelbrueck, non, je ne vois pas! Je suis désolée, je ne peux pas vous en dire plus, c'est dommage.

— Bien Madame van der Kerken, vous pouvez repartir. S'il vous venait en mémoire un détail si anodin soit-il, faites-nous le savoir. Veuillez signer encore votre déposition. Merci!

Majerus regarda sa montre. Il était 11 h 45 !

— Nico, tu veux un café ? Ou veux-tu qu'on aille déjeuner? Cela te dit le *NOVAPIAMO* en face ? On a un peu de temps devant nous, car le prochain témoin arrive à 15 heures.

— C'est d'accord.

Soudain le portable de Majerus sonna. C'était Monique Schmitt de la police scientifique.

— Allô, Roland. Comment vas-tu ? Alors tenez-vous bien, on a les premiers résultats, il y avait effectivement des traces de *BELLADONE* dans les sacs de détritus.

— Merci Monique, envoie moi un scan de ton rapport. Toi et Sonia, voulez-vous vous joindre à nous, on va en face au *NOVAPIAMO*.

— Non c'est gentil, on vient d'être livrées, on avait commandé des Sushis.

— Dommage! Ce sera pour une autre fois avec plaisir!

Dix minutes plus tard nos enquêteurs étaient assis au restaurant.

Ils avaient commandé deux pizzas. Etant donné que c'était samedi, il n'y avait pas beaucoup de monde. Ce restaurant était différent des autres. Il fallait attendre la commande devant le comptoir. Les cuisiniers préparaient les plats devant les clients. Vers 13 h 30 Roland et Nico retournèrent au bureau. Ils appelèrent tous les deux leurs conjointe et compagne respectives. A peine Roland avait-il raccroché son portable que la porte du bureau s'ouvrit. Le coeur de Roland battait très fort. C'était Jacques Wietor, le procureur !

— Bonjour Roland et Nico. Alors comment ça va depuis hier ? Désolé de venir vous importuner, mais ce meurtre perfide me rend de très mauvaise humeur. D'autant plus, que je viens d'avoir Madame le Maire, Lydie Roller, à l'appareil. Ce meurtre va devenir bientôt une affaire politique. Puis-je vous demander où vous en êtes ?

Mon Dieu, pensa Majerus ; qu'il est nerveux. Cela doit être l'effet de la pleine lune ! Calmons-nous. On ne va rien laisser paraître.

— Bonjour Monsieur le Procureur. Veuillez prendre place, je vais vous faire un topo rapide. Nous avons reçu les rapports du médecin légiste et de la police scientifique. Notre boucher a été empoisonné à la BELLADONE. Il y avait également des traces de LEXOMAN dans son sang. Mais d'après son frère, qui est pharmacien, Monsieur Weiss prenait ce médicament pour des douleurs dorsales. Il avait également une hernie discale. Nous venons d'auditionner sa vendeuse, Madame Planchon. Apparemment Monsieur Weiss aurait eu un entretien téléphonique un peu houleux trois jours avant sa mort. Nous allons vérifier ses relevés téléphoniques pour connaître son interlocuteur. Nous avons déjà interrogé son avocate et sa comptable. Notre victime avait eu des déboires avec la justice il y a dix ans. On l'avait accusé, à tort, d'être l'auteur d'un empoisonnement. Or l'autopsie de la victime avait révélé que cette dernière était morte d'une crise cardiaque. C'était l'apprenti boucher qui avait effectivement vendu de la viande avariée à l'insu de Monsieur Weiss. Apparemment c'était un trafic bien lucratif.

— Le pauvre Weiss a dû mettre la clé sous la porte. Sa réputation était ternie. L'histoire s'est déroulée à Ettelbrück. Le coupable à dû lui verser un dédommagement. Après cela il a ouvert un commerce sur la *Place d'Armes*. Nous allons creuser cette piste, mais à mon avis ce ne sera pas la seule. Nous devons auditionner encore trois autres témoins, dont un lundi matin. Puis nous irons refaire un tour au restaurant asiatique où Monsieur Weiss et sa compagne ont pris leur dîner jeudi soir. Il faudra absolument que l'on trouve qui a mis ce poison dans sa nourriture. En espérant que le restaurant ait une caméra de surveillance ! Et puis nous ne sommes qu'au deuxième jour de l'enquête. Nous allons faire tout notre possible pour que le ou la coupable soit trouvé rapidement !

— Très bien, je suis convaincu que vous allez réussir Majerus. Ce n'est pas le premier meurtre qui vous tombe dessus, n'est-ce pas ?

— Je me rappelle le meurtre de cette prostituée, comment elle s'appelait ? Dolorès ? On l'a retrouvé assassinée il y a 6 mois, rue de Strasbourg. Bravo à vous ! C'était vous qui meniez l'enquête. Continuez sur cette lancée. Je vais aller manger un bout. Cela va me détendre. Merci et bon week-end !

— Oui c'était nous, même le meurtre d'une prostituée mérite d'être élucidé ! Au-revoir Monsieur le Procureur. A la semaine prochaine. Bon appétit !

— Il ne nous lâche pas d'une semelle, s'exclama Glesener. En plus Madame la Maire est également sur l'affaire.

— Je commence à avoir l'habitude avec lui, rétorqua Majerus. J'imagine qu'il doit avoir beaucoup de pression. Ce n'est pas une mauvaise personne. Je vais appeler Monsieur Pam Quang. On verra si le restaurant a une caméra de surveillance. Il ne faut rien dire aux journalistes, je les vois dehors. Le pauvre homme, pourrait lui-aussi mettre la clé sous le paillasson bientôt s'ils déformaient les informations reçues.

Soudain on frappa à la porte. C'était un journaliste. Les enquêteurs le prièrent de s'éloigner avec ses collègues, sinon il risquait un procès pour entrave à l'enquête. Une conférence de presse serait donnée dès que l'assassin serait sous les verrous.

— Bonjour, fit une voix rauque ! Je suis Charles Sauva. Vous m'avez convoqué pour quinze heures. Je suis un peu en avance. Je dois aller chercher mon fils dans une heure. Il joue au foot dans l'équipe de la *FOLA*. Ah ces journalistes dehors sont agaçants, mais bon c'est leur métier !

— Merci d'être passé Monsieur Sauva. Veuillez prendre place, rétorqua Majerus.

— Je suis l'inspecteur Majerus, et voici l'inspecteur adjoint Glesener.

— J'ai entendu hier à la radio que mon ami, Raymond Weiss s'était fait assassiner. Je suis encore tout chamboulé ! Nous nous sommes vus pour la dernière fois il y a une semaine.

— Nous avons dîné ensemble, avec nos compagnes. Raymond et moi, nous nous sommes connus il y a bien longtemps. Nous fréquentions la même école primaire. Nous jouions au football, mais dans des équipes adverses, lui au *US Rumelange* et moi à la *Jeunesse d' Esch*. Cela doit faire, laissez-moi réfléchir, une vingtaine d'années. Après il a déménagé. Mais nous avons toujours gardé le contact et nous nous voyions régulièrement. Lui est devenu boucher et moi professeur de sport.

— Pouvez-vous me dire s'il vous vient en mémoire un détail aussi minime soit-il qui puisse nous aider à avancer dans l'enquête ? demanda Majerus.

— Comment avez-vous trouvé Monsieur Weiss la dernière fois ? Est-ce qu'il était irrité, nerveux ? Est-ce que quelque chose le tracassait ?

— Laissez-moi réfléchir, c'est peut-être anodin, mais j'avais remarqué que lui et Marie— Claire s'étaient querellés, enfin je pense. Elle lui a lancé des pics, mais bon c'est normal dans un couple, on ne peut pas s'entendre tous les jours. Cela n'a certainement rien à voir avec l'enquête je pense, mais c'est mieux que je vous le dise.

— Bien, nous vous remercions Monsieur Sauva. Si jamais nous avions encore des questions à vous poser, nous vous appellerons. Et maintenant vous pouvez aller chercher votre fils, il doit certainement être déjà dans les vestiaires ! Au revoir Monsieur Sauva, et merci !

— Alors qu'en penses-tu ? demanda Glesener. Est-ce que cette dispute pourrait être la cause du meurtre de Weiss ? Enfin, nous voilà sur une autre piste. Mais peut-être que c'était anodin et cela n'a rien à voir avec notre affaire.

— J'ai demandé à Marine de vérifier la liste des appels de Monsieur Weiss. Elle travaille également aujourd'hui, répondit Majerus.

— On verra qui était au téléphone avec Weiss quand il s'est énervé mercredi.

Brusquement la porte du bureau s'ouvrit.

— Bonjours Messieurs. Je suis Erny Massoni, vous m'avez convoqué au sujet de la mort de mon ami, Raymond Weiss.

C'est affreux ce qui lui est arrivé. Comment est-il mort ?

— Bonjour Monsieur Massoni. Merci d'être venu. Veuillez prendre place.

— Voici l'inspecteur adjoint Glesener. Je suis l'inspecteur Majerus. Voulez-vous un café?

— Non Merci. Comment puis-je vous aider ? Pourquoi m'avez-vous convoqué ?

— Nous enquêtons sur le meurtre de votre ami. Nous ne devons négliger aucune piste. Nous devons en savoir un peu plus sur la victime.

— Etiez-vous au courant du procès qu'il a dû endurer il y a dix ans ? demanda Majerus. Comment avez-vous connu la victime ? Parlez-nous un peu de lui, s'il-vous-plaît.

— Oui, il m'avait tout raconté. Quelle histoire sordide, pauvre Raymond. On se connaît depuis le lycée. On a fréquenté le lycée de garçons d'Esch-sur-Alzette. C'était un gars très bien. Certes, des fois un peu « soupe au lait », mais il n'était pas méchant. Lui est devenu boucher et moi professeur d'italien dans le lycée que nous avons fréquenté tous les deux.

— Quand l'avez-vous vu pour la dernière fois ?

— Nous sommes allés au cinéma ensemble il y a deux semaines. Nous avons vu « *FLORENCE FOSTER JENKINS* » avec Meryl Streep. On adore cette actrice. Je n'ai rien remarqué de spécial chez lui. Il était comme d'habitude. Après le film nous avons dîné ensemble.

— Comment était sa relation avec sa compagne ? Est-ce qu'il vous a dit quelque chose ?

— Non, nous n'avons pas parlé de Madame Mertens. Vous savez de temps à autre on organisait des soirées sans nos compagnes. Cela fait du bien de parler du bon vieux temps.

— Est-ce que vous avez encore besoin de moi ?

— Non, Monsieur Massoni, vous pouvez repartir. Si jamais il vous venait en mémoire un détail qui peut vous sembler anodin, veuillez nous contacter. Voici mon numéro de portable. Majerus lui tendit sa carte de visite et Massoni sortit du bureau.

— Donc, je résume, dit Majerus. Est-ce que ce meurtre est lié à cette ancienne affaire ? Weiss a été blanchi et innocenté. Est-ce que quelqu'un était d'un autre avis ? Est-ce que le couple marchait bien ? Qui avait un mobile pour supprimer Weiss ? Pour l'instant nous pataugeons. Glesener regarda sa montre. Il était 17 heures.

— Je vais appeler ce restaurateur. Il nous a laissé son numéro de portable. On repasse chez lui ? demanda Majerus. Il va avoir des sueurs froides, le pauvre.

Dix minutes plus tard, nos enquêteurs étaient assis à une table du *Cristal Palace*.

Monsieur Pam Quang était blanc comme un linge.

— Nous sommes désolés Monsieur Pam Quang, il n'y a rien de personnel à votre encontre, mais notre victime a été empoisonnée dans votre restaurant ; souvenez-vous, avez- vous remarqué quelqu'un lui mettre le poison *LA BELLADONE* dans son dîner ? La police scientifique a trouvé des traces de ce poison dans les sacs que vous nous avez remis. Faites un effort, cela peut nous aider à progresser dans l'enquête !

— Je suis confus et triste, la réputation du restaurant va souffrir. Vous savez comment sont les gens ! Mais je ferai tout pour vous prouver ma bonne foi. Mon personnel et moi, nous aimions beaucoup ce couple. Ils étaient toujours polis et respectueux envers nous. Un détail me revient en mémoire. On m'a appelé au téléphone juste au moment du service, je me souviens maintenant.

— Au même moment un homme est entré au restaurant ; je n'ai pas fait attention. Il portait un anorak rouge, de cela je me souviens encore.

— Quand j'ai raccroché le combiné, je voulais rapporter les plats, mais j'ai vu qu'ils étaient déjà sur la table de Monsieur Weiss. J'ai pensé que c'était un des serveurs qui les avait apportés.

— Personne ne vous soupçonne, mais venons-en au fait. Avez-vous une caméra de surveillance dans le restaurant ? demanda Glesener.

— Oui, j'en ai une, mais hélas elle n'a pas enregistrée la table de Monsieur Weiss. Elle est là a l'entrée.

— Cela ne fait rien. Nous allons emporter les bandes enregistrées, rétorqua Majerus.

— Nous vous remercions pour votre aide, et ne vous tracassez pas trop. Nous ferons tout ce qui est en notre pouvoir pour vous épargner des désagréments, rétorqua Majerus.

Un quart d'heure plus tard Majerus et Glesener étaient assis à leur bureau en train de visionner la vidéo de surveillance. Il était 18 heures. Ils voyaient Raymond Weiss et sa compagne arriver au restaurant.

Dix minutes plus tard un monsieur d'un certain âge arrivait. Cela devait certainement être André Weisgerber, l'ami de Weiss. Le portable de Majerus sonna. C'était son fils, Sébastien.

— Oui Sébastien, je vais rentrer vers 19 ou 20 heures. Ah maman est absente. Elle est chez grand-mère ? Bien, dis-lui que j'aimerais manger un bouillon chaud en rentrant. Tu n'oublies pas? C'est gentil, oui appelle maman. Je n'oublie pas le cinéma. Bisous à tout à l'heure.

— Il est débrouillard ton gamin ! Heureusement, les jeunes maintenant ne sont plus comme nous étions, rétorqua Glesener.

— Allez on continue d'analyser la vidéo, dit Majerus.

— Ah, regarde, c'est l'homme à l'anorak rouge. Il porte un bonnet noir, une barbiche et des lunettes noires. Bon, ce sera difficile de l'identifier. Mais c'est mieux que rien. Et on distingue Pam Quang en train de téléphoner.

— La scientifique pourrait lancer une reconnaissance faciale, si nous avons de la chance, l'homme à l'anorak est peut-être fiché !

— Je ferais faire le contrôle lundi par Marine. Elle est rentrée. Sa semaine était également bien chargée.

— Tiens regarde il s'éloigne. On n'a pas vu à qui il parlait. Mais les plateaux sont toujours sur le comptoir quand il s'en va. On ne l'a pas vu mettre quelque chose dedans. Regarde il porte des fleurs sur le bras, ah c'est un vendeur, je pense ! Mince la vidéo s'arrête. Mais il me vient une idée. N'importe qui au restaurant aurait pu mettre le poison dans le plat, il était bien visible sur le comptoir. Pam Quang a passé au moins bien trois minutes au téléphone. Un des serveurs aurait pu le faire, mais pour quel motif, ça n'a pas de sens ! Tu sais quoi, on va s'arrêter là, et on reprendra l'enquête lundi. Je pense qu'on a tout de même bien avancé. Je suis persuadé que l'assassin était au restaurant.

— Dommage que la caméra s'est juste arrêtée au moment crucial !

— Et si l'assassin lui a administré la *Belladone* avant et non au restaurant ? dit Glesener.

— D'accord avec toi Roland, je suis claqué et je pense que toi égalemen ;, on a eu deux journées bien remplies, on ne trouvera rien de plus aujourd'hui. Peut-être que Monsieur Weisgerber pourra nous en dire d'avantage, lundi. Il était présent. Allez bon dimanche et à lundi, Raymond, rétorqua Glesener.

Il était 19 heures quand Majerus et Glesener quittèrent leur bureau. Dehors, dans le hall de la gare une bande de jeunes était en train de discuter. Ils tenaient leur skate-board en dessous du bras. Quelques voyageurs attendaient patiemment leur correspondance sur un banc. Malou embrassa son mari quand il eut franchi le pas de la porte. Sébastien s'élança dans les bras de son père.

— Papa, Papa, je voudrais aller voir un match de hockey sur glace à la *Kockelscheuer*. Cela ne te dérange pas, si on change de programme ?

— Non, à quelle heure est-ce qu'ils débutent, et qui est-ce qui joue ?

— Le match débute à quinze heures, et c'est *Les Tornados* contre *Reims*. Tu comprends papa, c'est nous le Luxembourg contre la France!

— Je m'en doute, j'ai compris Sébastien, bon c'est oui. Et maman, elle nous accompagne ? On partira assez tôt, le temps de récupérer les tickets à l'entrée. Je crois que c'est un match important, il y aura du monde.

— Euh, maman a déjà récupéré les tickets, on voulait te faire la surprise !

— Ah vous deux et vos complots, mais moi aussi j'adore le hockey, donc c'est d'accord.

— Merci papa. Je te promets de bien travailler sur les maths !

— Sébastien, je vais contrôler, tu me connais!

Glesener lui avait réservé une table à la *VECCHIA NAPOLI* pour lui et Anne-Claire dimanche midi.

Le restaurant se trouvait non loin de la gare. Sa compagne était ravie car elle adorait les *trio de pâtes à la façon Napolitaine.*

Glesener lui aimait les *raviolis ricotta et épinards*. Les enquêteurs étaient contents de pouvoir se détendre quelques heures avant la reprise de l'enquête.

Le lundi matin à huit heures tapantes les policiers se retrouvèrent au commissariat de la gare.

— Alors, comment s'est passé ton week-end, Nico ?

— Tranquille Roland, j'ai aidé Anne-Claire à faire le ménage, puis nous sommes allés à la *VECCHIA NAPOLI*. C'était fameux. L'après-midi Anne-Claire a repassé et moi j'ai regardé un film à la télévision.

— Et vous ?

— On est allé voir un match de hockey sur glace. Reims a gagné, mais bon c'était à prévoir.

— Bonjour Marine. Alors comment as-tu passé ton dimanche ? demanda Glesener.

— Tranquille à la maison. J'ai regardé *PANIC ROOM* avec Jodie Foster. J'avais loué une vidéo-cassette vendredi soir. Innu et moi sommes allés nous promener une heure en ville. Les magasins étaient ouverts. Il y avait pas mal de monde. Je n'ai rien acheté. De toute façon mes cadeaux de Noël sont déjà fin prêts chez moi à la maison. Et avec Innu, on ne pouvait pas rentrer dans les magasins. De toute façon, je déteste cela, les gens s'y bousculent. Mais au fait, l'agresseur de la dame est sous les verrous. C'est un toxicomane. Cette affaire est liée à celle d'Esch-sur-Alzette. Daniel a fait du bon boulot en épaulant Armand Weidert. Et pour les cambriolages je suis dessus, mais cela va durer encore un peu.

— En voilà une bonne nouvelle, merci Marine, bon boulot!

— Roland, regarde dans le *Group Mail*, Madame Heynen a envoyé un rapport pour vous. C'est le compte rendu du procès de Monsieur Weiss.

— D'accord, je vais voir. Merci Marine et bonne journée !

— Nom d'un chien, Nico viens voir, tu ne devineras jamais ce que je viens de lire dans le rapport que l'avocate nous a envoyé ? Regarde, le nom de l'apprenti- boucher….

Soudain on entendit frapper à la porte !

— Bonjour Messieurs, je suis André Weisgerber. Vous m'avez convoqué au sujet du meurtre de Raymond Weiss. Mais comment puis-je vous aider, Messieurs ?

— Merci Monsieur Weisgerber d'être venu. Voulez-vous une boisson, un café ?

— Oui, je veux bien il fait un froid de canard dehors !

— Dites-nous Monsieur Weisgerber quelle était votre relation avec la victime ?

— J'étais son ancien jardinier. Mon fils qui est décédé, a travaillé pour Monsieur Weiss. Je pense que vous êtes au courant de cette sordide affaire et de ce que mon fils a fait ?

— Mais je viens tout juste de le lire dans un compte-rendu de l'avocate de Monsieur Weiss. Vous n'en avez pas voulu à Monsieur Weiss ? Votre fils a dû payer une grosse somme d'argent en dommages et intérêts ! rétorqua Majerus. Et maintenant que

Monsieur Weiss est mort, il n'y a plus aucun centime à rembourser. Ni à Madame Mertens, car ils n'étaient pas mariés. Donc vous aviez un mobile pour ce meurtre. Weisgerber blémit.

— Mon fils n'avait pas encore terminé de rembourser quand il est décédé. C'est vrai. Il avait un cancer. Et c'est moi qui devait le faire à sa place. J'ai soixante dix ans. Mais je vous assure, j'assume. Je n'en ai pas voulu à Raymond. Il n'avait pas le choix. Mon fils était accroc à la cocaïne, il lui fallait de l'argent. Alors ce trafic de viande l'arrangeait ! Cela lui avait servi de leçon. La vie ne m'a pas épargné vous savez, mais je n'en suis pas aigri pour autant, Monsieur l'inspecteur.

— Vous étiez au restaurant le soir du meurtre de Monsieur Weiss ?

— Oui j'avais aperçu Raymond à travers la vitre du restaurant et lui aussi. Il m'a invité à leur table. Je suis rentré, mais je ne suis pas resté. J'ai juste bu un apéritif avec eux.

— Comment était l'ambiance au restaurant entre lui et Madame Mertens ?

— Très bien, je n'ai rien remarqué d'exceptionnel. Elle lui lançait des pics, qu'il avait changé de look, qu'il avait maigri. Mais j'ai pris cela pour de la rigolade. Lui il souriait et ne répondait pas !

— Vous rappelez-vous d'un détail qui pourrait nous aider ? Qui a ramené les plateaux des mets qu'ils avaient commandés ?

— Madame Mertens est allée les récupérer au comptoir, car le patron était au téléphone. Après cela je suis parti. Je ne voulais pas les déranger davantage.

— Raymond a insisté pour que je dîne avec eux, mais j'ai refusé. C'était mieux ainsi.

— Nous vous remercions, Monsieur Weisgerber. Un petit conseil, adressez-vous à Madame Ginette Heynen, c'était l'avocate de Monsieur Weiss. Vos soucis financiers semblent être terminés !

— Cela ne va pas me ramener mon fils, mais c'est une bonne nouvelle. Merci.

— Veuillez signer encore votre déposition. Merci.

Quand Weisgerber fut sorti, Majerus téléphona à Véronique Planchon. Il la fit venir au commissariat le plus vite possible.

— Tu crois quelle nous a caché quelque chose, demanda Glesener ?

— Oui, j'ai des doutes maintenant.

— Elle est à la maison, elle a dit quelle prenait le bus dans une demi-heure.

Véronique Planchon entra au commissariat aux environs de 11 heures. Elle était nerveuse. Sa voix tremblait.

— Merci Madame Planchon d'être venue aussi rapidement.

— Qu'est-ce qui se passe, pourquoi m'avez-vous convoquée une seconde fois ?

— Madame Planchon, je pense que vous ne nous avez pas tout dit ? rétorqua Majerus. Etiez - vous amoureuse de votre patron?

Véronique rougit. Des larmes coulaient le long de ses joues roses.

— Oui je m'excuse, je ne vous ai pas tout dit. Raymond et moi avions une liaison depuis deux mois. Il n'avait rien dit à Madame Mertens, mais elle s'en doutait, je pense. Elle me foudroyait du regard quand elle entrait dans le magasin. Et elle était franchement désagréable avec moi.

— Madame Planchon, vous savez que vous risquez une amende pour entrave à une enquête en cours ? Si vous nous aviez parlé tout de suite de cette liaison, notre enquête aurait été menée autrement, rétorqua Majerus.

Véronique se remit à pleurer.

— Bon, allez tenez un mouchoir en papier, essuyez vos larmes, et signez votre déposition ! On fermera les yeux.

— Vous avez trouvé son assassin ?

Disons que nous sommes sur sa piste. Je pense que d'ici demain ou après-demain son nom figurera dans les quotidiens !

— Vous savez j'étais confuse, je ne voulais rien dire, j'avais honte. C'est arrivé soudain, l'amour frappe quand on ne s'y attend pas ! Véronique sortit soulagée.

— Tu penses ce que je pense ? demanda Glesener.

— Oui, nous allons de ce pas chez Madame Mertens. Je pense effectivement que c'est un crime passionnel. Regarde sur la liste des coups de fils de Weiss. Il a reçu un coup de fil d'elle. Ce que Véronique Planchon a entendu devait être une scène de jalousie et rien d'autre.

— Et si elle n'avoue pas, on n'a pas de preuves directes !

— T'en fais pas, je vais essayer de la cuisiner. J'ai un plan pour la faire avouer. En espérant qu'il va marcher !

Un quart d'heure plus tard les enquêteurs entrèrent dans le bureau de Madame Mertens, qui était surprise de les revoir ! Elle reprit son air très arrogant !

— Mais que me vaut cet honneur, Messieurs ?

— Venons en droit aux faits Madame, nous vous accusons d'avoir empoisonné votre compagnon à la *Belladone !*

— Mais c'est grotesque, cette accusation est une machination contre moi. Elle ne tient pas debout. Vous n'avez aucune preuve de ce que vous avancez ! J'ai des relations, cela va vous coûter très cher !

— Arrêtez vos menaces, cela ne prend pas avec nous ! Bien sûr que nous avons des preuves, rétorqua calmement Majerus. Nous avons un témoin qui a entendu Monsieur Weiss mercredi au téléphone se disputer avec vous. Nous avons vérifié sa liste téléphonique. C'était effectivement avec vous qu'il a parlé. Cela ne prouve pas que vous l'ayez tué, mais vous aviez un mobile, la jalousie !

— Vous étiez au courant de la relation qu'il entretenait avec Madame Planchon, nous en sommes convaincus.

— Vous êtes d'un ridicule. C'est insensé ! Quel toupet !

— Madame, je vous assure que je vais vous faire descendre de votre piedestal, rétorqua Majerus d'un ton strident.

— Nous avons également un témoin qui vous a vu emporter les plateaux qui étaient sur le comptoir. Vous y avez ajouté la *BELLADONE*.

— Quand vous êtes rentrés du dîner, Monsieur Weiss a fait un malaise à la boucherie. Vous avez traîné son corps dans la chambre froide pour brouiller les pistes. Vous pensiez que la médecin légiste n'allait pas faire d'analyses ? Première erreur ! La rage vous a permis d'avoir cette force pour le faire ! Vous avez ouvert le tiroir-caisse pour nous mettre sur une fausse piste. Ce n'était pas un vol. Deuxième erreur ! Dans la précipitation vous avez laissé une empreinte partielle ! La police scientifique me l'a confirmé.

— Vous n'aviez rien à chercher dans le tiroir-caisse de Monsieur Weiss. Troisième erreur ! Nous avons deux témoins qui prétendent que vous lanciez toujours des pics à votre compagnon. Pourquoi ?

Le coeur de Majerus battait la chamade.

— Vous avez le droit de garder le silence. Tout ce que vous direz, pourra être retenu contre vous. Vous avez le droit de contacter votre avocat. Si vous n'en avez pas, il vous en sera commis un d'office.

— C'est ce que je vais faire, rétorqua Mertens. Elle avait ses yeux révulsés de colère et de haine. Elle appela tout de suite son avocate tout en fusillant du regard Majerus.

— Veuillez nous accompagner au commissariat de police , Madame Mertens.

— Nico mets lui les menottes.

— Non, pas les menottes, je vous promets de ne pas m'échapper !

De retour au commissariat l'avocate de Madame Mertens venait d'arriver. Elle s'entretint pendant quelques minutes avec sa cliente.

— Ma cliente veut faire une déposition. C'est ce que je lui ai conseillé. Ce sera plus simple ! Pour vous et pour elle !

— Oui, j'ai empoisonné Raymond. J'étais folle de rage ! Cette petite vendeuse à cinq sous m'avait volé mon compagnon. Je la déteste. C'est elle que j'aurais dû supprimer ! Raymond m'avait avoué au téléphone mercredi dernier, qu'ils avaient une liaison depuis deux mois, vous aviez raison. Je l'ai harcelé une paire de fois, car je sentais qu'il s'éloignait de plus en plus de moi. Il ne voulait plus sortir avec moi. C'est alors qu'un plan a jailli dans ma tête ! Je devais le supprimer. Si je ne pouvais l'avoir, elle non plus n'allait pas l'avoir. Je lui devais encore de l'argent, environ 5.000 Euros. J'avais la reconnaissance de dette sur moi. Je l'ai appelé jeudi matin en prétextant le retour de cette somme pendant un dîner. Je ne voulais pas venir au magasin, lui avais-je dit. Il accepta mon invitation. Et pour le reste vous êtes au courant !

— Pas besoin de revenir là dessus.

— Vous avez prémédité le meurtre de votre compagnon, vous n'aurez pas de circonstances atténuantes, Madame Mertens. Je plains votre avocate. Elle aura du pain sur la planche.

Roland appela le Procureur. Monsieur Wietor vint voir les enquêteurs au commissariat pour les féliciter. Une enquête sur un homicide, résolue en trois jours, c'était un beau succès ! Glesener appela le frère de Raymond Weiss et Madame Planchon pour les avertir que la meurtrière avait avoué et qu'ils liraient son nom le lendemain dans la presse luxembourgeoise.

— Dis-moi, Roland, as-tu inventé certaines preuves ? demanda Glesener en rigolant.

Tu as joué *à la roulette russe,* non ?

— Oui, bien sûr le témoin n'a pas vu Madame Mertens mettre le poison dans la nourriture, il l'a juste vu aller chercher les plats, mais tu vois cela a marché ! Et pour le reste, le coup de fil, l'empreinte partielle nous avons les preuves. Mais bon elle a avoué.

— Tant mieux ! Il n'existe pas de crime parfait. L'assassin commet toujours une erreur !

Et c'est ainsi que se termina cette triste histoire du meurtre d'un brave gars que la vie avait marqué. La jalousie et la haine peuvent être des ennemis redoutables !

Meurtre au domaine de la Faune

Résumé

Gilles Masson, le propriétaire du *DOMAINE DE LA FAUNE*, une animalerie située à Arles, est retrouvé assassiné.

C'est sa vendeuse qui a découvert le corps.

L'arme du crime est un Mamba noir, un serpent dont le venin est mortel.

Qui, dans l'entourage de la victime, savait manipuler un tel reptile ?

Qui avait un motif pour le tuer ?

Sa mort est-t-elle liée au trafic illégal d'animaux exotiques qui étaient cachés à l'arrière de sa boutique ?

Son ex-femme avait-t-elle des raisons pour l'assassiner ?

Le Commissaire Fabre et l'Inspecteur Michel se lancent dans une enquête difficile au cours de laquelle plusieurs pistes les égarent. Ils iront ainsi de surprise en surprise.

C'est par un beau matin de juillet que Jeanne Robert prit sa bicyclette pour se diriger vers le Domaine de la Faune , une petite animalerie située dans la banlieue d'Arles. C'était vendredi, et le week-end n'était pas très loin.

Jeanne avait 22 ans. C'était une jeune femme qui aimait son métier. Elle devait parcourir tous les jours 5 kilomètres en vélo pour arriver à son lieu de travail.

Le soleil brillait déjà de toutes ses forces. Il devait faire 28 degrés.

Les abeilles s'affairaient dans le petit jardin qui bordait le magasin. Les merles chantaient leurs plus belles chansons.

Il était 8 heures quand elle poussa la porte d'entrée du commerce. Jeanne travaillait comme vendeuse pour Gilles Masson. Gilles avait la cinquantaine. Il avait épousé Arlette, mais ils étaient divorcés depuis deux ans.

Soudain Jeanne poussa un cri strident !

Devant elle gisait le corps le corps sans vie de Gilles. Il n'avait pas de sang sur le visage, mais son front était en sueur.

Jeanne ne toucha à rien et appela tout de suite le commissariat de police d'Arles.

Dix minutes plus tard, le commissaire Raymond Fabre et l'inspecteur Philippe Michel étaient sur le lieu du crime. Fabre et

Michel avaient la quarantaine. Cela faisait dix ans qu'ils travaillaient sur Arles.

— Bonjour Mademoiselle Robert. Merci d'avoir appelé tout de suite, dit Fabre.

— Donc récapitulons, quand vous êtes entrée par la porte vous avez aperçu tout de suite votre patron. Est- ce que la porte d'entrée était ouverte ?

— Oui Monsieur le Commissaire, la porte était ouverte. La porte arrière également. Mais vous savez Monsieur Masson habite dans la maison, donc je pensais qu'il avait déjà ouvert le magasin.

— Quand je suis entrée j'ai aperçu son corps sans vie. Ah, c'est affreux, je me demande qui a pu lui en vouloir à ce point. Cela fait deux ans que je travaille ici, et je n'ai jamais eu de soucis avec lui.

— S'est-il disputé avec quelqu'un ces derniers temps ?

—Non, pas que je sache, attendez, de temps à autre nous avions des réclamations sur des poissons Néon qui avaient des acariens sur leurs nageoires. Monsieur Masson donnait alors du bleu de méthylène aux clients pour la désinfection.

—Il y avait aussi des personnes qui avaient perdu leur chien et ils voulaient que Monsieur Masson les rembourse. Ces personnes n'avaient pas respecté les consignes. Le chien est mort par leur faute. Mais ce sont les deux cas uniques dont je me souvienne.

— Bien, fit Fabre, je ne crois pas que l'on puisse assassiner une personne pour cela. Mais bon, l'enquête débute seulement.

— Raymond, je vais appeler la médecin légiste et la police scientifique, dit Philippe.

— Mademoiselle Robert, demanda Fabre, pouvez-vous me dire si Monsieur Masson avait des amis, de la famille ?

—Attendez, il était divorcé, mais son ex-femme, Arlette Thèbes, habite toujours à Arles.

— Bien, nous allons l'appeler, répondit Michel.

— Il avait quelques amis qu'il voyait au bar de *L'Alouette*, de temps à autre, m'avait-il dit, mais je ne les connaissais pas, désolée Monsieur le Commissaire, fit Jeanne. Il serait préférable que vous interrogiez le tenancier. Vous pouvez me donner vos coordonnées, Mademoiselle Robert, nous vous demanderons de venir signer votre déposition aujourd'hui.

— D'accord, mais, qui va veiller sur les animaux ? On ne peux pas les laisser ainsi, les pauvres.

— Désolé Mademoiselle, c'est une scène de crime, vous n'avez pas le droit de pénétrer dans le magasin aujourd'hui, notre police sanitaire va venir s'occuper d'eux, ne vous inquiétez pas.

— Et après ils vont être mis à la fourrière, ah j'ai le cœur serré maintenant, Monsieur le Commissaire. Et en plus je viens de perdre mon emploi. Tout vient en même temps.

— Je suis persuadé que vous allez trouver un autre emploi rapidement, répondit Fabre.

Jeanne s'éloigna, de grosses larmes coulaient sur son visage. Quelques instants plus tard la médecin légiste, Caroline Saint- Jean arriva sur les lieux du crime. Avec elle se trouvait l'équipe scientifique, Albert Saint-Jean, le frère de Caroline et Pierre Montcharles.

—Bonjour Raymond, Bonjour Philippe.

— Bonjour Caroline, alors qu'en penses-tu, à quelle heure remonte le décès ? demanda Fabre.

— A première vue, je dirai aux alentours de 7 heures ce matin, Raymond. La rigidité cadavérique n'est pour le moment que partielle. Et pour la cause, eh bien je dirai que Monsieur Masson a été mordu par un reptile. Regarde son bras droit, on y voit bien la morsure. Il y a de fortes chances que ce soit un serpent, mais bon l'autopsie nous en dira plus.

Il serait opportun de vérifier si ce reptile est encore dans l'établissement, sait-on jamais.

— Caroline, j'ai averti notre police sanitaire, ils vont arriver d'un moment à l'autre. Ah, ces pauvres bêtes.

Soudain la porte s'ouvrit et la police sanitaire entra. Il y avait là, une jeune femme d'une trentaine d'années, Marie- Claire Pellini, et un homme d'une cinquantaine d'années, Jean- Claude Morel.

—Attention, le reptile ou le serpent est certainement encore en liberté, fit Caroline.

— D'accord, j'ai ramené un filet, ne vous inquiétez pas, répondit Marie-Claire. Elle et Jean-Claude s'affairaient dans toutes les pièces. Ils faisaient beaucoup de bruit de sorte à débusquer le ou les reptiles. Soudain on entendit un sifflement dans l'air. Marie-Claire virevolta, et dans son filet se trouvait un Mamba noir d'une extrême beauté.

Il n'avait pas encore atteint la taille adulte.

Il devait mesurer à peu près 1 mètre 50. Il était d'un gris luisant et sa bouche était noire.

— Le voilà notre meurtrier, s'écria Fabre.

— On s'occupe des animaux, rétorqua Morel.

Il ouvrit la porte à l'arrière de la boutique.

Des miaulements et aboiements se firent entendre.

— Caroline tu peux venir, on commence à évacuer les chats et les chiens d'abord. On va les remettre à quelques SPA de la région, fit Morel.

—Tiens, dit Caroline, il y a encore une porte qui est cachée à l'arrière. J'aimerais bien savoir ce qui se trouve derrière.

Elle poussa un cri.

— Venez-voir, vous ne devinerez jamais ce qui est caché ici. J'hallucine ! Je me demande si notre victime avait bien tous ses papiers en règle avec la *CITES*.

Derrière cette porte se trouvaient des serpents, iguanes, papillons multicolores, et tortues marines. Incroyable, mais vrai !

— Eh bien, soupira Marie-Claire, nous allons avoir du travail pour vérifier tout cela et pour reclasser ces pauvres bêtes dans les Zoo, SPA ou animaleries.

— Alors là, je pense qu'il s'agit d'un trafic illégal d'animaux exotiques, rétorqua Fabre.

—Je vais de ce pas téléphoner au service des douanes. Il faudra qu'ils contrôlent la comptabilité de notre défunt, répondit Philippe. Mademoiselle Jeanne Robert pourra peut-être nous en dire un peu plus cet après-midi.

—D'accord, dis-lui de venir au commissariat vers 15 heures, Philippe.

Après ce coup de fil voici nos enquêteurs en route pour le bar de L'Alouette, Boulevard du Rhône.

Fabre regarda sa montre : 11 h 30.

— Bonjour Monsieur, je suis le Commissaire Raymond Fabre, et voici mon collègue, l'Inspecteur Philippe Michel.

—Bonjour Messieurs, je suis Armand Schneider, le tenancier. Comment puis-je vous aider, que se passe-t-il ?

— Connaissez-vous cet homme sur la photo ?

—Oui bien sûr, c'est un client régulier, c'est Gilles Masson, le propriétaire de l'animalerie.

—Monsieur Masson s'est fait assassiner à l'animalerie ce matin, dit Fabre.

—Alors là, je ne n'en reviens pas, c'était un homme tranquille sans histoires. Bon sang…..

— Est-ce que vous connaissez les personnes qu'il voyait dans votre bar, Monsieur Schneider ? demanda Michel.

— Oui bien sûr, il connaissait beaucoup de monde.

—Pourriez-vous nous dresser une liste de ses connaissances, s'il-vous-plaît ?

—Oui, certainement, je vais essayer, je vous l'apporterai au commissariat dès que possible, répondit Schneider.

Les policiers sortirent du bar. La chaleur devenait insupportable

— Alors Philippe, où veux-tu que l'on aille déjeuner ? Je commence à avoir un petit creux. Pour une fois qu'on ne va pas à la cantine….

—Hum, que dirais-tu de *La Cigale* ? répondit Philippe. On y mange très bien.

— Ou bien Chinois, la *Ming Dynastie*?

— Ma foi, je préfère *La Cigale*, rétorqua Fabre. Il était 12 h 30.

Le restaurant avait une façade blanche. De petites cigales y étaient accrochées. De nombreux arbustes fleuris tels le laurier rose, le jasmin, la lavande, l'entouraient.

Au loin on pouvait voir les ouvriers travailler dans les rizières et les vignes. En terrasse il y avait beaucoup de monde. Le serveur les conduisit à l'ombre d'un platane. De jolies nappes brodées décoraient les tables.

— Prenez-vous un apéritif, Messieurs ?

—Deux Cynars à l'eau, s'il-vous-plaît.

— C'est pas très fort ? demanda Philippe.

—Mais non, c'est très bon pour la digestion, répondit Raymond.

—Je vais prendre une lotte à l'armoricaine, dit Philippe.

—Et moi, je vais prendre une entrecôte, répondit Raymond.

Le serveur s'adressa à eux. Il nota bien soigneusement leur commande. Comme boisson nos enquêteurs prirent de l'eau.

L'intérieur du restaurant était peint en blanc, tout comme la façade. De petits tableaux marins ornaient les murs.

— Bon récapitulons, dit Fabre. Notre victime a certainement été, à première vue, empoisonnée par la morsure de ce Mamba noir qui se trouvait dans le magasin. Pourquoi ?

—Le meurtre est peut-être lié à une exportation illégale d'animaux exotiques ? Quelqu'un a dû ouvrir la cage et le laisser sortir. Ce quelqu'un connaît très bien les serpents et sait les manipuler. C'est ma première hypothèse. La douane nous en dira plus quand elle aura terminé d'analyser les documents d'importation et la comptabilité de Monsieur Masson. Est-ce que sa mort est liée à un crime passionnel ? Nous devrons éliminer de prime abord toutes les pistes pour nous retrouver en fin de compte sur la bonne.

—Je suis curieux de voir et d'interroger toutes les connaissances de notre victime, rétorqua Raymond.

—Qui est celui ou celle qui avait un motif pour le supprimer ? demanda Fabre.

A 14 heures tapantes, les enquêteurs retournèrent au commissariat de police. A peine étaient-ils installés que quelqu'un frappait à la porte. C'était Jeanne. Fabre prit la parole :

— Veuillez prendre place Mademoiselle Robert.

— Voulez-vous un verre d'eau ?

—Non merci, Monsieur le commissaire.

— Mademoiselle Robert, saviez-vous que votre patron vendait des animaux exotiques ?

— Oui Monsieur le Commissaire. Mais pourquoi est-ce interdit ? Je ne me suis jamais occupée des papiers. C'est mon patron qui le faisait.

— Les services douaniers sont en train d'analyser au peigne fin les documents d'importation et notamment la comptabilité de votre patron. Croyez-moi, je suis pratiquement persuadé que tout n'est pas en règle.

L'importation d'animaux exotiques est réglementée par la *CITES*, c'est à dire la convention de Washington. Certaines plantes ou reptiles sont sous protection et il est interdit de les importer ou alors l'importation est assez limitée.

— Oh eh bien, non désolée, je ne savais pas. Vous croyez que mon patron a fait quelque chose d'illégal ? Pourtant c'était quelqu'un de très gentil et de sérieux. Pour ma part je m'occupais seulement de la vente des animaux, surtout lapins nains, chats, chiens et furets. Monsieur Masson s'occupait de la vente des animaux exotiques.

—Nous devons prendre encore vos empreintes, question de routine, Mademoiselle. Pour le moment ce sera tout, mais s'il vous venait en mémoire ne serait- ce qu'un tout petit détail, n'hésitez pas à nous appeler

— Surtout ne quittez pas Arles, nous serons peut-être amenés à vous recontacter.

— Comment peut-on être aussi naïve ! s'écria Philippe. Mais je pense qu'elle nous a dit la vérité.

—Tu veux un café ? demanda Philippe.

— Oui volontiers !

A peine Jeanne était-t-elle partie, que le tenancier du bar *L'Alouette* frappa à la porte du commissariat. Il leur déposa une liste de personnes sur le bureau, toutes susceptibles de connaître la victime.

—Merci Monsieur Schneider. S'il vous revenait en mémoire un détail, même minime, n'hésitez pas à nous contacter. Car dans une enquête chaque détail compte. La pendule affichait 16 h 30. Les enquêteurs se mirent au travail. Il fallait éplucher toute la liste des connaissances de Masson.

—Raymond, je vais essayer d'appeler Madame Thèbes, elle pourra peut-être nous en dire un peu plus sur son ex-mari ?

—Alors elle vient quand ? demanda Fabre.

—Elle va venir dans une demi-heure, le temps de finir son travail. Entre-temps, Fabre et Michel appelèrent leurs conjointes. En plein milieu d'une enquête, impossible de quitter le bureau à l'heure ! Vers 17 heures, Caroline entra dans le bureau.

—Bonsoir Caroline, alors comment avance ton autopsie ?

—Bonsoir Raymond et Philippe, et bien c'est comme je l'avais pressenti, Masson est mort d'une morsure de Mamba noir. L'autopsie est pratiquement terminée. L'heure de sa mort se situe entre sept et huit heures ce matin. Le venin du mamba noir contient des neurotoxines et des cardiotoxines. Sa morsure inocule en général 100 à 120 mg de venin, mais cela peut aller jusqu'à 400 mg. 10 à 15 mg de son venin peuvent être mortel pour un homme adulte. Par conséquent, la quantité de venin injectée en une seule morsure suffirait en théorie à tuer entre 12 et 40 hommes. Le pauvre a dû souffrir affreusement. Il n'a pas eu le temps d'appeler à l'aide, la paralysie étant très rapide. Le ou la meurtrière n'avait pas peur de manipuler les mambas, il ou elle savait comment faire. Nous allons faire un prélèvement sanguin complémentaire et procéder à de plus amples analyses. Cela peut durer encore un peu, hélas.

—Merci Caroline, Philippe et moi avons commencé à interroger les témoins qui connaissaient la victime.

Soudain ils entendirent frapper à la porte. C'était Madame Arlette Thèbes qui entra.

—Bonsoir Madame Thèbes. Veuillez prendre place. Voulez- vous un café ?

— Oui, je veux bien.

L'Inspecteur Michel lui apporta son café.

— Tout d'abord nous vous présentons nos sincères condoléances, Madame Thèbes.

Arlette Thèbes était une jeune femme d'une quarantaine d'années. Elle était rousse. Sa robe bleu et blanc lui allait très bien. Arlette portait une eau de toilette fraîche au citron et à la bergamote.

—Quand avez-vous vu votre ex-mari pour la dernière fois Madame Thèbes? demanda Fabre.

—Laissez-moi réfléchir, c'était il y a un mois. Cela faisait deux mois qu'il n'avait pas payé la pension alimentaire pour notre fille, Laura. Je suis allée le voir.

Il m'a dit qu'il avait quelques soucis financiers mais qu'il attendait des fonds dans une quinzaine de jours. Et effectivement, deux, semaines plus tard il a payé la pension alimentaire.

—Quel âge a votre fille, Madame ? demanda Michel.

—Notre fille a 17 ans, rétorqua Arlette.

— Combien d'années avez-vous été mariés ?

— Quatorze ans, cela fait deux ans que nous avons divorcé Monsieur le Commissaire.

—Est-ce que vous viviez toujours à Arles vous et votre mari ?

—Non, au début de notre mariage nous habitions le Cameroun. Gilles était employé par une société d'exportation d'oléagineux. Moi-même j'étais professeur de français à Yaoundé. Nous avons déménagé quelques années plus tard. Les animaux sauvages et les reptiles ont toujours fasciné Gilles.

Nous avions à la maison de grands terrariums remplis de reptiles. Je m'y suis intéressée également, car quand Gilles ne pouvait pas s'en occuper, c'était moi qui le faisais.

—Vous lui connaissiez des ennemis, Madame Thèbes ?

—Non pas que je sache, mais nous sommes divorcés depuis deux ans, vous savez. Il a dû refaire sa vie je pense. Je n'en ai aucune idée. Je n'avais plus de contact avec lui, sauf pour la pension alimentaire de ma fille, rétorqua Arlette.

—Excusez-moi Madame Thèbes, mais pourrions- nous savoir pourquoi vous avez divorcé ? Je vous rassure que ce n'est que pour le besoin de l'enquête.

Arlette rougit.

—Bon, c'est assez désagréable d'en parler, mais mon mari m'a trompée avec un homme au Cameroun. Je ne pouvais pas lutter contre cela. Il m'avait toujours caché qu'il était attiré également par les hommes.

C'est du passé maintenant. Je ne sais évidemment pas s'il avait quelqu'un dans sa vie, Monsieur le Commissaire.

—Vous pouvez compter sur notre discrétion. Pourriez-vous nous dire où vous étiez vendredi matin entre 7 et 8 heures ?

—J'étais sortie avec Marie-Claire, une amie, je suis rentrée vers minuit. Après je suis allée me coucher. Ma fille m'a entendue et nous avons bavardé un peu avant de nous endormir vers une heure du matin, Monsieur le Commissaire.

—Je vais vous noter le numéro de téléphone de Marie-Claire Mueller, mon amie. Ma fille vous confirmera mes dires. Je n'ai quitté la maison qu'à 7 h 30 ce matin pour me rendre à mon travail.

—Bien Madame Thèbes, auriez-vous l'amabilité de signer votre déposition ? Je dois prendre encore vos empreintes, c'est pour notre enquête Madame, rassurez-vous.

—Mais pourquoi cela ? rétorqua-t-elle. Suis-je suspecte ? C'est insensé.

—C'est la procédure Madame, désolé ! Je vous demanderai de vous tenir à la disposition de la justice, nous serions peut-être amenés à nous revoir. Veuillez ne pas quitter Arles entre-temps. Merci.

Et Arlette quitta le bureau des enquêteurs.

Cinq minutes plus tard, on frappa à la porte. C'était Albert Saint Jean de la police scientifique.

—Bonsoir Albert, dit Philippe. Alors avez-vous trouvé un début de piste au magasin ?

—Pour tout vous dire, le ou la meurtrière a dû mettre des gants. Nous n'avons trouvé que des empreintes partielles. Il ou elle a dû mettre des gants en latex, car nous en avons trouvé un tout petit morceau près du terrarium. Dans la précipitation l'assassin a dû les déchirer, d'où l'empreinte partielle sur ce morceau. Nous allons les comparer avec le fichier central de la police. On a également relevé des empreintes sur les cages d'animaux. Cela va nous prendre du temps.

Ah, j'oubliais, j'ai trouvé des particules de tissu entre les ongles de la victime, Monsieur Masson a dû lutter avec son agresseur. On va analyser tout cela, je vous tiens au courant.

—Merci Albert, à demain ! Soudain le portable de Fabre sonna. C'était un collègue du service douanier.

—Bonjour Commissaire Fabre. Je suis Etienne d'Argancy, Inspecteur de la *DNRED* d'Ivry sur Seine. Nous venons d'analyser la comptabilité et les papiers des animaux importés de Monsieur Masson. Nous nous sommes penchés plus particulièrement sur la faune sauvage. Les seuls papiers qui ne sont pas en règle sont effectivement ceux des reptiles.

Nous avons également vérifié les comptes bancaires de la victime. L'argent circulait notamment sur ses comptes bancaires privés à l'étranger. C'était une belle petite affaire lucrative. Il ne devait pas travailler seul, j'imagine. Il vendait surtout à des clients privés, quelques zoos également. Nous aurons un peu de mal à remonter toutes les filières.

Comme les établissements bancaires doivent collaborer, cela va aller rapidement.

—Très bien, vous voulez bien m'envoyer le rapport quand vous aurez terminé ? Merci beaucoup pour votre aide.

— Et si nous allions dîner à la maison ? Il est 19 h 30. De toute façon nous ne trouverons plus rien aujourd'hui. Allez on se casse!

Il faisait encore clair quand nos enquêteurs rentrèrent chez eux. Raymond était marié à Marie-Paule. Ils avaient un fils de 12 ans, Maxime. Marie-Paule travaillait à la mairie d'Arles.

—Bonsoir chéri, alors vous voilà avec un nouveau meurtre? fit-elle en s'adressant à son mari.

—Eh oui, quel crime étrange, un mamba noir a assassiné le propriétaire d'une animalerie, rétorqua Philippe. Enfin c'est l'arme du crime. Et toi ma chérie, comment était ta journée ?

—Nous sommes en plein dans l'organisation de l'exposition photographique qui aura lieu dans trois mois.

En plus j'ai dû préparer la réunion pour le conseil de demain matin, répondit Marie-Paule. J'ai ramené du poulet et de la salade Raymond, viens nous allons dîner, il est presque vingt heures. Je suis allée faire les courses également.

—Alors Maxime, dis-moi, comment s'est passé ta journée de vacances chez mémé ? demanda Raymond.

—Nous sommes allés au Zoo à Avignon. Nous y avons déjeuné. On a bien aimé c'était super.

—Bien, et si nous passions à table ? demanda Marie-Paule.

—Hum j'ai faim. Ah, il faut que je te dise encore une chose. Promets-moi de ne pas t'énerver ? En fait, je travaille demain, chérie, désolé, dit Raymond.

—Ce n'est pas la première ni la dernière fois, je sais, j'ai épousé un policier, rétorqua Marie-Paule. Elle était un peu triste. J'irais avec Maxime à son cours de Judo à 15 heures, et après nous irons faire un tour au jardin *Hortus*. Il y a une petite fête. Nous serons rentrés avant toi je présume ?

—Je pense que l'on va terminer vers 18 heures. Tu sais chérie, si je travaillais à Scotland Yard, je devrais même travailler le dimanche !

—Oh papa, si tu rentres plus tôt, j'aimerais aller dîner avec toi et maman au *China Garden*.

—J'essaie Maxime, mais je ne promets rien !

Philippe lui était célibataire. Il fréquentait Christine. Elle travaillait comme assistante médicale au Centre Hospitalier d'Arles.

—Bonjour chéri, alors comment était ta journée ? demanda Christine.

—Mon Dieu, avec un nouveau meurtre à élucider avec Raymond, je ne te dis pas. Mais bon nous restons positifs.

—Oui tu me l'avais dit au téléphone.

—Et toi, comment était ta journée au Centre Hospitalier ?

—J'ai dû préparer un colloque pour le professeur Nimax. Il y avait 15 médecins du monde entier. Mais cela s'est bien passé.

—Au fait j'ai ramené du poulet à la citronnelle et du riz Thai. J'ai pensé que cela te plairait, dit Christine. J'ai fait les courses en même temps, car j'imagine que tu vas travailler demain ?

—Oh oui j'aime, tu me connais. Et pour demain hélas oui, mais bon je ne travaillerai pas dimanche. Si j'étais enquêteur à Londres ou New York, je devrais également travailler le dimanche, rétorqua Philippe. Je pense que l'on va finir un peu plus tôt demain. Je ne te promets rien, mais si c'est le cas, je t'emmènerais à *La Marmite*.

—Bonne idée, on passe à table chéri ?

A 8 heures tapantes, nos enquêteurs étaient au commissariat d'Arles le lendemain. C'était un samedi de juillet et le soleil était au rendez-vous, hélas la chaleur également.

—Je nous ai ramené des croissants au chocolat, ils vont nous aider à tenir, dit Fabre.

—C'est gentil Raymond. Dis-moi, comme la cantine est fermée aujourd'hui, cela te dirait d'aller déjeuner chez *Giorgio* à midi ?

—Bonne idée, mais d'abord il faudra voir comment on va avancer sur l'enquête, on verra d'ici 11 h 30 ! Donc je résume : la victime a été mordue par un mamba noir. Sa vendeuse n'était apparemment pas au courant de son commerce d'importation d'animaux exotiques. Jeanne est trop naïve à mon goût. Son ex-femme savait manipuler les reptiles. Elle dit avoir eu des contacts avec son ex-mari il y a un mois. Est-ce que Masson avait un amant ? Est-ce que Madame Thèbes était jalouse ? Qu'en est-t-il de l'associé de Masson ? Qui étaient les amis de la victime ? Est-ce qu'une de ses connaissances lui en voulait ? Est-ce qu'il a roulé un client ? Quand on aura analysé tout ceci, nous aurons trouvé le ou la meurtrière, rétorqua Fabre.

—Bon, répondit Philippe, on va contacter les connaissances de Monsieur Masson. On verra bien ce qu'ils ont à nous dire à son sujet.

Sur leur bureau se trouvait la liste d'Armand Schneider, le tenancier du bar. Elle contenait le nom de quatre personnes:

— Jules Parmentier
— Marcel Marquis

— Ella de la Fuente

— Charles Corbusier

—Bon, dit Philippe. Je vais me charger de Parmentier, Marquis et de Madame de la Fuente.

—Doucement, je vais t'aider Philippe ! il reste Corbusier.

Après une demi-heure les enquêteurs avaient réussi à contacter toutes les connaissances de la victime.

Une heure plus tard, ce fût Jules Parmentier qui entra dans le bureau des policiers.

Parmentier était vêtu d'un polo bleu ciel et d'un bermuda blanc. Il transpirait beaucoup vu que le soleil commençait à chauffer.

—Prenez place Monsieur Parmentier. Voulez-vous un verre d'eau ?

— Oui, Merci.

—Je suis le commissaire Fabre, et voici l'inspecteur Michel. Comme nous vous l'avons expliqué au téléphone, nous aurions besoin de renseignements sur la personne de Monsieur Masson. Nous devons enquêter sur son assassinat.

—Comment puis-je vous aider ?

—Est-ce que vous lui connaissiez des ennemis ? Est-ce qu'il avait changé ces derniers temps ? demanda Fabre.

—Non, Gilles était calme et gentil. Il ne cherchait pas de bagarre avec autrui. Mais il semblait soucieux ces derniers temps. Il ne voulait rien me dire. Je n'ai plus insisté. J'ai trouvé qu'il avait maigri, répondit Parmentier.

—Où est-ce que vous vous êtes connus ?

—Au club gay Chez Charly il y a un an, répondit Parmentier. Nous étions liés pendant 3 mois, mais plus depuis longtemps, ce qui aurait été votre prochaine question, n'est-ce pas ? Nous sommes restés en de bons termes. Je n'avais pas de raison de souhaiter sa mort, Messieurs croyez-moi.

—Quel métier exercez-vous Monsieur Parmentier ?

— Je suis négociant en spiritueux.

—Ou étiez vous hier matin entre 7 et 8 heures ?

—J'étais à Marseille à l'hôtel *Alix*. Vous pourrez vérifier. J'avais assisté à une foire aux vins la veille. Je ne suis revenu de Marseille que ce matin vers 9 heures. J'ai passé la nuit avec mon compagnon, Robert Duchâteau. Voici son Numéro de téléphone.

—Bien nous allons relever encore vos empreintes, question de routine, puis vous nous signerez votre déposition. Ne quittez pas la ville et tenez vous à la disposition de la justice tant que l'enquête n'est pas terminée. Merci.

Dix minutes plus tard Parmentier était sorti du commissariat. Fabre téléphona tout de suite à l'hôtel. Le portier confirma sa présence. Il l'avait aperçu la dernière fois vers minuit jeudi soir. Il était accompagné d'une autre personne masculine. Ils étaient partis aux alentours de huit heures vendredi matin. Fabre appela également Robert Duchâteau. L'alibi de Parmentier était correct.

—Raymond tu veux un café ? demanda Philippe.

—Oui, je veux bien. Merci Philippe.

—Bon, continuons, rétorqua Fabre. Marquis devrait arriver dans quelques minutes, dit Michel.

—J'ai contacté Ella de la Fuente , répondit Fabre.

Elle va arriver aux alentours de 14 heures.

—Albert Corbusier va venir vers 15 heures, rétorqua Michel. Soudain le portable de Fabre sonna. C'était Madame la Procureure, Marie-Hélène Hernancourt qui était au bout du fil.

—Bonjour commissaire Fabre. Eh oui moi aussi je travaille le samedi ! Dites-moi est-ce que vous pouvez m'en dire un peu plus sur l'homicide qui a eu lieu hier matin au *Domaine de la Faune ?*

—Bonjour Madame la Procureure. Hélas, nous ne sommes qu'au début de l'enquête. La victime a été mordue par un mamba noir. Son venin lui a été fatal ! L'Inspecteur Michel et moi- même sommes en train d'auditionner les connaissances de la victime. L'assistante de Monsieur Masson n'était pas au courant que son patron trempait dans l'importation d'animaux exotiques. Les services douaniers ont contrôlé les documents d'importation et la comptabilité. Nous devons également rechercher le complice de Masson. L'ex-femme de Masson a été auditionnée. Elle est rentrée chez elle vers minuit d'une soirée avec une amie. Nous devons vérifier son alibi. Nous nous activons à trouver un mobile, Madame la Procureure. Mais ils sont multiples.

—Tenez-moi au courant si vous avez du nouveau Commissaire. Merci.

Je vous souhaite à tous les deux un bon dimanche. Au-revoir. Elle raccrocha le combiné.

Cinq minutes plus tard Marcel Marquis était assis dans le bureau des enquêteurs.

C'était un homme d'une cinquantaine d'années. Il était presque chauve. Des lunettes rouges ornaient son visage. Il transpirait.

—Bonjour Monsieur Marquis, veuillez prendre place, dit Philippe. Voulez-vous boire un verre d'eau ?

—Oui volontiers, avec cette chaleur cela me fera du bien.

—Je suis l'inspecteur Michel et voici le commissaire Fabre.

—Comment puis-je vous aider ?

—Nous enquêtons sur l'assassinat de votre ami, Monsieur Gilles Masson.

—C'est affreux ce qui lui est arrivé !

—Où étiez-vous vendredi matin entre sept et huit heures, Monsieur Marquis ?

—Quelle question, vous me suspectez maintenant ?

— Veuillez répondre Monsieur Marquis !

—J'étais dans mon lit, mon épouse peut en témoigner si vous le souhaitez !

—Nous allons vérifier, répondit Michel. Depuis combien de temps connaissiez-vous Monsieur Masson ?

—Nous nous sommes connus il y a deux ans lors d'un vernissage à la mairie d'Arles. C'était un pur hasard. Nous avons bavardé ensemble. Le sujet de discussion concernait les animaux, bien entendu.

—Quel métier exercez-vous Monsieur Marquis ?

—Je suis vétérinaire Monsieur l'Inspecteur. Je soigne également les animaux du Zoo de Nîmes. Et puis nous nous sommes revus de temps à autre au Bar *L'Alouette*.

—Connaissiez-vous des ennemis à Monsieur Masson? demanda Philippe.

—Non pas que je sache, mais ces derniers temps, Gilles était plus nerveux que d'habitude, mais bon vous savez, je ne demande rien aux gens s'ils ne veulent pas se confier.

—Bien, nous allons prendre vos empreintes, ensuite vous pourrez partir, rétorqua Michel. Veuillez signer votre déposition s'il-vous-plaît, merci. Ne quittez pas Arles Monsieur Marquis. Nous aurions peut-être encore besoin de vous auditionner.

Marquis quitta le commissariat vers midi moins dix.

—Dis-moi Philippe tu m'avais parlé de *Giorgio*, si tu veux on va y aller. Comme cela nous serons de retour pour 14 heures afin d'interroger Ella de la Fuente.

—D'accord, on y va.

Le restaurant *Giorgio* était un bon restaurant italien avec une carte variée : toutes sortes de plats de pâtes délicieuses, faites à la main, de l'Osso Bucco et des Pizzas succulentes. *Giorgio* se trouvait à cinq minutes à pied du commissariat de police. La façade du restaurant était de couleur saumon.
Sur le balcon fleurissaient toutes sortes de fleurs les unes plus magnifiques que les autres.

—Tu veux un apéritif ? demanda Raymond.

— Oui, je prendrais bien un Campari Orange.

—Et moi, un Cynar à l'eau, rétorqua Raymond.

Le serveur arriva avec les apéritifs et la carte de menus. L'intérieur du restaurant était décoré avec des affiches de films Italiens. On pouvait distinguer Claudia Cardinale, Gina Lolobrigida, Sophia Loren, Marcello Mastroani, Nino Manfredi, Carlo Verdone.

—Je vais prendre une Pizza « Quattro Stagioni », dit Philippe.

—Moi je vais prendre, des « Cappelletti à la pana », répondit Fabre. Bon, on va récapituler un peu ce que l'on sait jusqu'à présent. Masson était bi-sexuel. Il a quitté sa femme il y a deux ans. Comment a--t-elle supporté son divorce ? Avait-t-il un amant ? Sa femme savait manipuler les serpents.

J'espère que le service des douanes va nous appeler lundi. Je brûle de savoir qui était le complice de Masson dans ce petit commerce bien lucratif. Cela va faire un remue-ménage dans les Zoos. Parmentier est hors du coup je pense. Il a un témoin. De plus un crime passionnel, bof, il a un ami, donc je ne crois pas que ce soit notre homme. Marquis est vétérinaire. Théoriquement il savait également manipuler des serpents. On va auditionner les deux derniers témoins. Et puis nous verrons. Pas de conclusions hâtives !

Le serveur arriva avec la commande et une bouteille d'eau minérale. Vers 13 h 45, les enquêteurs quittèrent le restaurant. Le soleil tapait très fort. Il devait faire au moins 30 degrés.

A peine étaient t-ils revenus qu' Ella de la Fuente arriva. C'était une très belle femme. Ella devait avoir une cinquantaine d'années. Elle portait un tailleur, style Channel. Elle était habillée et coiffée à la Audrey Hepburn. Leur ressemblance était frappante.

—Bonjour Madame de la Fuente, voici l'Inspecteur Philippe Michel. Je suis le Commissaire Raymond Fabre. Veuillez prendre place Madame, voulez-vous un verre d'eau? Oui volontiers, il fait une chaleur horrible, s'exclama Ella. Elle avait un accent espagnol.

—Venons-en aux faits. Comment avez-vous connu Gilles Masson, notre victime, Madame de la Fuente ?

—Je suis la directrice du Musée de l'Arles Antique. J'ai rencontré Gilles lors d'une exposition de reptiles d'Afrique.

Il s'est beaucoup intéressé à cette exposition, et nous avons bavardé longuement. Il m'a raconté sa vie au Cameroun. Après sa visite il m'a invité à prendre un café, par simple courtoisie. De temps à autre quand j'étais au bar de L'Alouette, il était là également et nous bavardions de choses et d'autres.

—Où étiez-vous entre sept et huit heures vendredi matin ? demanda Philippe.

—Comment cela ? Suis-je suspectée ? Mais pour quel motif? rétorqua Madame de la Fuente.

Son visage rougit.

—Madame nous menons une enquête, et avons besoin de votre témoignage, donc veuillez répondre, s'il-vous plaît !

—J'étais chez moi dans mon lit et je dormais encore.

—Est-ce que quelqu'un peut en témoigner, Madame?

—Bien sûr, mon mari Felipe était à côté de moi, il s'est levé vers 6 h 30. Vous pouvez l'appeler ou le convoquer. Nous sommes sortis de la maison vers 7 h 45.

—Bien, c'est ce que nous allons faire, Madame de la Fuente, répondit Fabre. Est-ce que Monsieur Masson semblait préoccupé ces derniers temps ?

—Hum, il était plus irrité oui. Quand je lui ai demandé s'il avait des soucis, il a dit de ne pas m'en faire, que ce n'était pas grave, répondit Ella. Mais je voyais bien que cela devaient être de gros problèmes.

—Bien, nous allons prendre vos empreintes Madame, et vous pourrez repartir. N'oubliez-pas de signer votre déposition.

—Veuillez vous tenir à la disposition de la justice, nous pourrions être amenés à nous revoir !

Et elle quitta leur bureau. Fabre appela le mari d'Ella, Felipe. Il confirma ses dires.

—Qu'en penses-tu Philippe?

—Je trouve bizarre l'association amicale entre Gilles Masson et Ella de la Fuente ; ces deux là sont totalement différents. Mais bon je peux me tromper, on verra par la suite ce que l'on pourra encore découvrir en creusant un peu.

—Nous ne savons pas encore si Gilles Masson avait une relation amoureuse ! rétorqua Fabre. Et si nous allions faire un tour au club gay *Chez Charly* ? Peut-être en saurons nous un peu plus.

—Je peux les appeler et nous irons après l'audition du dernier témoin, Charles Corbusier, répondit Philippe. Je suppose que le bar est ouvert l'après-midi. Vers 15 heures, Charles Corbusier arriva au commissariat de police. Corbusier était un homme très maigre et très pâle. Il devait être du même âge que la victime.

—Veuillez prendre place, Monsieur Corbusier.

—Voulez-vous un verre d eau ?

— Oui, volontiers.

—Voici liInspecteur Philippe Michel, je suis le commissaire Raymond Fabre.

—Comment puis-je vous être utile Messieurs?

—Dans quelles circonstances avez-vous connu Gilles Masson ? demanda Fabre.

—De quelle façon étiez-vous liés ? demanda Philippe.

—Nous étions des amis d'enfance, Messieurs. Nous nous sommes juste perdus de vue quand il était au Cameroun avec sa femme. Nous avions fréquenté les mêmes écoles.

—Où étiez-vous vendredi matin entre sept et huit heures ?

—Je revenais de mon poste de nuit. Je travaille à l'usine de riz. Je me suis couché aux environs de sept heures vendredi matin.

—Qui peut en témoigner ? rétorqua Fabre.

—Laissez-moi réfléchir. Ah, je me souviens, Madame Eva Marconi, ma voisine, était déjà levée. Elle attendait l'infirmier. On a échangé quelques paroles.

—Bien nous allons vérifier, Monsieur Corbusier. Nous allons prendre encore vos empreintes et vous signerez votre déposition s'il-vous-plaît, dit Michel.

—Mais pourquoi mes empreintes, suis-je coupable ? fit-il d'un ton strident.

— Monsieur Corbusier, laissez-nous faire notre travail.

Dès qu'il fut sorti, Fabre appela Madame Marconi, la voisine de Corbusier.

Elle confirma qu'elle avait échangé quelques paroles avec lui aux environs de sept heures.

—Alors que penses-tu de Corbusier ? demanda Philippe.

—Je ne sais pas encore, il m'avait l'air malade ou épuisé. C'est un pauvre type je pense. Et si c'est notre assassin, pour quelle raison aurait-il supprimé son ami d'enfance ?

A nous de découvrir qui est le meurtrier de Masson et pour quelle raison on l'a tué. Quand on aura éliminé les non-coupables, on aura trouvé l'assassin. Logique !

—J'ai eu le propriétaire de ce club gay *Chez Charly*. Ils sont ouverts. Si tu veux on peut y aller, dit Philippe.

—Allons-y, répondit Raymond.

Fabre regarda le clocher. Il était 15 h 45. Le club gay n'était pas très loin.

—Bonjour Messieurs, je suis Charly Michaux, le propriétaire du club. Charly était habillé d'un pantalon en cuir noir et d'un T.Shirt aux couleurs arc-en-ciel.

—Bonjour Monsieur Michaux. Je suis le commissaire Fabre, et voici l'inspecteur Michel.

—Que puis-je faire pour vous ?

Fabre prit la parole.

— Comme nous vous l'avons expliqué par téléphone, nous enquêtons sur la mort d'un de vos clients ou ex-clients, peu importe.

Il s'agit de Gilles Masson.

Lui connaissiez-vous des amis ou des ennemis? Quelqu'un qui aurait pu lui en vouloir ?

— Gilles était un gars bien. Il payait des pots de temps à autre à ses connaissances ici au club. Il s'en est toujours voulu d'avoir caché la vérité à sa femme.

—Est-ce qu'il venait souvent, avait-t-il un ami ? demanda Fabre.

—Il est sorti une paire de mois avec Jules Parmentier, répondit Charly. Après cela je l'ai vu plusieurs fois avec son ami d'enfance, euh, je ne me rappelle plus de son nom.

—Est-ce qu'il s'appelle Charles Corbusier ? rétorqua Fabre. Voici sa photo.

—Oui c'est exact.

—Est-ce qu'ils sortaient ensemble ? demanda Fabre.

—Oui bien sûr, ils se sont embrassés une paire de fois !

—Est-ce que Monsieur Masson vous semblait soucieux ces derniers temps ? Vous avait-t-il parlé d'un ennui ou de quelqu'un qui lui en voulait ?

—Est-ce que je peux vous servir une boisson, Messieurs ?

—Non merci c'est très aimable, répondirent les enquêteurs.

—En effet, Gilles était soucieux ces derniers temps, mais il ne m'a rien dit.

—Vous viendrez signer votre déposition lundi au commissariat s'il-vous-plaît, rétorqua Fabre.

—D'accord, à quelle heure dois-je venir ?

—Vers 11 heures, Merci !

Les policiers sortirent du club.

—Dis-donc, Raymond, ce Corbusier ne nous a pas dit toute la vérité, je me demande pourquoi ?

—Et si nous repassions chez lui ?

Dix minutes plus tard les enquêteurs sonnèrent chez Charles Corbusier. Il les fit entrer.

—Pourquoi venez-vous me voir encore une fois, je vous ai dit tout ce que je savais Messieurs, fit Corbusier d'un ton agacé.

—Justement non, Monsieur Corbusier, rétorqua Fabre.

—Comment cela, je ne vois pas?

—Vous ne nous avez pas dit que vous étiez lié intimement à votre ami d'enfance Gilles Masson. Pourquoi nous l'avoir caché ?

—Tout simplement je ne voulais pas que cela se sache, vous m'auriez suspecté tout de suite. J'avais peur. Et puis à l'usine de riz on voit l'homosexualité d'un mauvais œil. Je ne voulais pas trop ébruiter mon orientation sexuelle. Gilles avait des relations et moi également, mais en fin de compte il est toujours revenu vers moi, et c'était cela l'important.

—Mais c'est justement à cause de votre silence que vous vous rendez suspect Monsieur Corbusier !

—Je vous jure que je ne l'ai pas tué, je l'aimais, comment aurais-je pu lui faire du mal, vous comprenez, Monsieur le Commissaire ?

—Estimez-vous heureux que votre alibi tienne la route et que nous allons fermer les yeux pour un autre délit qui s'appelle « entrave à une enquête en cours», s'écria Fabre.

—Je comprends, excusez-moi Messieurs. Merci !

—Nous devrons changer votre déposition, veuillez nous accompagnez au commissariat de police maintenant.

Dix minutes plus tard, les enquêteurs étaient assis au commissariat de police avec un Corbusier qui visiblement ne savait pas vraiment ce qui lui était arrivé. Sa main tremblait quand il signa sa déposition corrigée. Il transpirait à grosses gouttes. Quand il sortit du commissariat il était soulagé.

—Je le vois mal tuer son ami. Visiblement il l'aimait. J'ai vu une larme couler sur ses joues, dit Philippe.

—Bien, nous en sommes au point mort pour le moment, rétorqua Fabre.

Qu'est-ce que nous avons oublié d'analyser, Philippe ? ajouta t-il.

—L'alibi de Parmentier est parfait. Nous allons faire venir son petit ami.

Je voudrais l'interroger, s'exclama Fabre. L'ex- femme de Masson, elle, avait un motif sérieux. La jalousie. Corbusier, je le vois mal tuer son amant. Ella de la Fuente non plus, elle n'avait pas de motif. Et puis il y a ce Marquis, le vétérinaire, est-ce qu'il était lié au trafic d'animaux exotiques ? Est-ce qu'ils se sont disputés à cause de l'argent ? Que de questions. Madame la Procureure ne vas pas nous lâcher ! Mais pour le moment je pense que l'on va rentrer chez nous. De toute façon on n'a pas encore reçu le rapport complet de Caroline Saint-Jean au sujet de la prise de sang approfondie de Masson.

—D'accord Raymond, bon dimanche et à lundi, répondit Michel.

—Bon dimanche à vous également.

—Bonsoir mes chéris, dit Fabre. Maxime lui sauta dans les bras. Il était 18 h 30.

—Super papa, nous allons au *China Garden* avec maman ?

—Oui, oui où est maman, Maxime ?

— Ah, c'est vrai, elle s'est couchée sur le canapé, elle dort.

Soudain Fabre entendit la voix de Marie-Paule.

—Alors vous deux qu'est-ce que vous complotez?

—Maman, maman, papa est là, prépare-toi, nous allons au *China Garden.*

—Ah Maxime tu es comme ton père, tu adores sortir au restaurant. Je m'habille, juste une minute. Raymond tu réserves s'il-te-plaît ?

Les Fabre étaient très heureux de se retrouver enfin et ils savourèrent leurs mets dans un des meilleurs restaurants asiatiques d'Arles.

Raymond et Marie-Paule prirent une soupe wan-tan et du canard laqué. Maxime préférait des rouleaux de printemps et des nouilles aux scampis.

Tout le monde se racontait sa journée du samedi. Les serveurs s'affairaient autour des tables. Ils étaient habillés en noir et jaune. Le restaurant était climatisé. Des plantes de bambous se trouvaient dans de petites niches à côté des clients.

Soudain le portable de Fabre afficha le nom d'Etienne d'Argancy.

— Excusez-moi Monsieur le commissaire pour l'appel tardif, mais tenez-vous bien, nous avons le nom du complice de Masson, c'est Marcel Marquis, le vétérinaire; nous avons, à l'aide de la banque *AMXAT* du Grand Duché, retracé tous les virements sur le compte de Gilles Masson. Ils étaient pour Marcel Marquis.

—Je vous remercie inspecteur, envoyez-moi un mail avec votre rapport. Philippe et moi passerons voir ce Marquis lundi à la première heure.

Je placerai deux agents devant son domicile, sait-on jamais, s'il venait à s'enfuir !

—Désolé Marie-Paule, Maxime, j'écris vite un SMS à Michel. Ensuite je vais appeler 2 de mes collègues, je n'aimerai pas que le suspect s'échappe !

Philippe venait à peine de fermer la porte d'entrée que Christine l'appelait.

—Philippe, super, je suis contente que tu sois rentré. Tu n'as pas appelé, désolée je ne suis pas habillée, il me faut juste quelques minutes. Le temps de mettre ma robe d'été.

—Prends ton temps ma chérie, j'appelle le restaurant pour réserver.

Soudain son portable affichait le message de Fabre. Aha, pensa Michel, c'est ce que l'on avait présumé tous les deux, ce n'est pas une surprise.

Dix minutes plus tard le couple partit dîner à *La Marmite*.

La Marmite était un restaurant deux étoiles au centre d'Arles. L'intérieur faisait penser à un grand aquarium. Les serveurs étaient habillés en rouge et noir. Il y avait deux grands aquariums à l'intérieur remplis de crabes. Dans un troisième aquarium se trouvaient des poissons de toutes sortes, néon, goupys, poissons chats. Des poissons de décoration en métal noir ornaient le mur central du restaurant.

—Vous prenez un apéritif Messieurs Dames ? demanda le serveur.

—Oui est-ce qu'on pourrait avoir deux coupes de champagne, s'il-vous-plaît ? répondit Christine.

Philippe et Christine commandèrent une soupe de lotte et des calamars à l'armoricaine. Quand ils sortirent du restaurant, le clocher affichait 21 h 30.

Dans le jardin du restaurant, de nombreuses tables étaient encore occupées. On entendait les grillons jouer de la musique à l'aide de leurs élytres. Philippe et Christine à peine arrivés à leur domicile prirent une douche et se couchèrent. Ils étaient épuisés.

Les Fabre sortirent du restaurant aux environs de 22 heures. Maxime était heureux, mais dans la voiture il piquait déjà du nez. A peine arrivés tout le monde se coucha, la journée et la semaine avaient été longues pour tous.

Ils passèrent leur journée dans le jardin. La mère de Marie-Paule, Charlotte, les rejoignit vers midi. Ils l'avaient invitée à déjeuner. Au menu escalopes de veau crème champignons, pommes de terre rissolées au persil, salade, petits pois. Comme dessert Charlotte avait ramené un gâteau aux fruits des bois. Le père de Marie-Paule était décédé depuis cinq ans. Charlotte repartit aux environs de 16 heures.

Philippe et Christine passèrent leur journée à faire du jogging. Ils prirent leur petit déjeuner au café *L'Arlésien*. A midi, Christine avait préparé un rôti de veau aux champignons avec du riz et de la salade.

Une glace à la vanille était la bienvenue avec cette chaleur étouffante.

couple avait clôturé sa soirée devant la télévision. Hercule Poirot était leur acteur favori !

Le lundi arriva. Il était huit heures. Le temps était en train de changer. De petites gouttes éparses tombaient. La nature s'en réjouissait car elle avait souffert ces dernières semaines.

—Alors Philippe, vous avez passé un bon dimanche ? demanda Fabre.

—Oh oui, c'était reposant, répondit Michel. Le matin nous avons fait du jogging et nous avons passé l'après midi à lire au jardin. Et vous ?

—Marie-Paule avait invité sa mère. Nous avons déjeuné ensemble. Après son départ on a passé l'après midi au jardin également, relax.

—Bon, nous allons chez ce Marquis. Il va avoir une belle surprise en nous voyant, dit Fabre.

Je te présente nos collègues de la *ONCFS*, la police de l'environnement. Ils vont questionner Marquis pour trafic illégal d'animaux sauvages.

—Bonjour Messieurs, mais pourquoi cette visite, je n'ai pas tué mon ami, fit Marquis d'un ton irrité quand les quatre enquêteurs se présentèrent à son domicile.

—Monsieur Marquis vous nous aviez caché que vous étiez l'associé de Gilles Masson dans son petit commerce bien lucratif d'importation illégale d'animaux exotiques. Vous vous êtes fait pas mal de pognon ces dernières années à en croire l'analyse des virements qui transitaient sur le compte de Marquis à votre profit, rétorqua Fabre. Marquis était devenu tout pâle.

—Oui j'étais l'associé de Masson, j'avoue, mais je vous assure je ne l'ai pas assassiné, et pour quel motif ?

—Mais peut-être que Masson ne voulait plus travailler avec vous, ou vice et versa, un motif nous le trouverons, n'ayez-crainte ! rétorqua Fabre.

— Monsieur Marquis, vous savez que vous encourez jusqu'à quatre ans d'emprisonnement pour ce délit ? Ce ne sera pas de notre ressort, je vous conseille de prendre néanmoins un bon avocat.

Nos collèges de *l'ONCFS* vont continuer l'interrogatoire au commissariat.

—J'avoue que ce trafic nous rapportait pas mal d'argent, mais je jure que je n'ai pas assassiné Gilles. Et puis vous avez le témoignage de ma femme, rétorqua Marquis.

—Monsieur Marquis, un témoignage, on peut le faire par complaisance, répondit Michel. Nous avons un mandat de perquisition signé par Madame la Procureure. Marquis était blanc comme un linge.

Les enquêteurs fouillèrent toute la maison de fond en comble. Ils n'y trouvèrent rien qui puisse inculper Marquis pour meurtre.

Soudain Madame Marquis apparut. Elle était dans tous ses états!

—Vous vous rendez compte de ce que vous faites? Vous allez nous ruiner !Mon mari inculpé pour meurtre et pour trafic illégal d'animaux exotiques. Je jure que Marcel était à mes côtés dans la nuit de jeudi à vendredi. Il n'a pas bougé.

Pour le moment nous ne pouvons prouver que le trafic illégal d'animaux exotiques, et pas le meurtre. En ce qui concerne sa réputation comme vétérinaire, il aurait dû y penser avant, Madame, désolé, répliqua Fabre.

— Il n'y a pas seulement votre mari qui aura terni sa réputation mais toute cette clientèle abjecte qui a acheté ces pauvres créatures innocentes, s'écria Philippe.

—Ils méritent tous quelques années de prison, s'exclama Michel. Dites-nous la vérité Madame. Vous étiez au courant de ce trafic illégal, n'est-ce pas ? De toute façon nous allons le découvrir.

—Non je n'étais pas au courant, je le jure sur la tête de mon mari, rétorqua t-elle. Excusez-moi de m'être emportée, mais notre vie s'écroule comme un château de sable. Effectivement vous avez raison, mon mari aurait dû y penser avant ! De grosses larmes coulaient sur ses joues.

Les policiers de *l'ONCFS* embarquèrent un Marquis visiblement sous le choc.

Quand les enquêteurs arrivèrent au commissariat, Caroline Saint-Jean était déjà présente. Elle tenait dans ses mains le rapport complet d'autopsie de Gilles Masson.

—Bonjour tous les deux, j'espère que vous avez passé un bon week-end ?

—Bien, Merci Caroline un peu écourté, mais un dimanche relaxant, répondit Fabre.

—Nous aussi, fit Philippe.

—Et toi Caroline ?

—Nous sommes allés au Zoo à Nîmes dimanche, mais quelle chaleur, mon Dieu, fit-elle. Bon, venons-en au fait. Vous ne devinerez jamais ce que mon équipe et moi avons découvert lors de l'autopsie ? Comme je vous l'avais dit nous avons procédé à une analyse de sang approfondie de Masson. Il était séropositif, fit Caroline. Et pour les empreintes, je suis désolée, elles ne sont que partielles, c'est difficile, mais après les premières analyses que nous avons faites, elles ne correspondent à aucun des amis de Masson. Je sais que cela ne vous facilitera pas la tâche !

Et pour les caméras de surveillance, une voiture a été aperçue aux environs de sept heures du matin. Elle était garée à proximité du magasin. Malheureusement nous n'avons pas pu identifier sa plaque d'immatriculation. Pas de trace non plus de son propriétaire. Vers 8 heures du matin, elle n'y était plus.

— C'était une Renault Captur de couleur rouge, un modèle récent. Le meurtrier a pu rentrer par l'arrière porte sans être vu. Cela devait être un familier. Voici mon rapport.

—Alors bon, cette information relance un peu notre enquête s'écria Fabre. Tu veux un café ?

—Non merci, je dois y aller, on doit faire l'autopsie d'un SDF ce matin.

Caroline quitta les enquêteurs.

—Qu'en penses-tu Raymond ?

—Je me demande si Masson est mort à cause de sa maladie?

—Je ne crois pas que Marquis soit coupable. Le trafic lui rapportait pas mal d'argent.

Pourquoi aurait-il assassiné une source de revenus complémentaires ? rétorqua Philippe.

—C'est également mon avis. Je vais appeler Corbusier. S'il est à la maison nous allons l'interroger encore une fois. Corbusier était à son domicile. Il était étonné de revoir les enquêteurs.

—Décidemment Messieurs, vous m'avez pris en grippe. Je vous jure que je n'ai pas assassiné mon ami Gilles, fit-il d'un ton excédé. J'ai du mal à dormir depuis la disparition de mon ami.

—Savez-vous que votre ami était séropositif ? demanda Fabre.

—Oui Messieurs je le savais, nous prenions nos précautions.

—Est-ce que Monsieur Masson voyait encore d'autres personnes au club qui auraient pu lui en vouloir ?

—Il a été lié un moment à Jules Parmentier. Nous avions rompu pendant 3 mois. C'était un bel homme vous savez, Gilles avait du succès, rétorqua Corbusier.

Ce que je ne comprends pas, c'est pourquoi vous vous acharnez à chercher le coupable dans le milieu homosexuel ? lança Corbusier. Pourquoi l'un d'entre nous en aurait voulu à Gilles?

—Monsieur Corbusier, nous menons une enquête, et nous devons creuser toutes les pistes. Il n'y a rien de personnel et ce n'est certes pas une action homophobe à votre encontre ou à l'encontre d'un de vos collègues, croyez-moi, répondit Fabre.

—Dernière question, fit Philippe. Quelle voiture possédez-vous Monsieur Corbusier ?

—Une vieille Peugeot 204. Je ne vois pas en quoi ma voiture serait liée au meurtre de Gilles.

—Une voiture était garée à proximité du magasin à l'heure du crime. La vidéo de surveillance a été analysée. Apparemment ce n'est pas la vôtre, répondit Fabre. La voiture en question est une Renault Captur de couleur rouge. S'il vous venait en mémoire un détail si minime soit-il, appelez-moi, s'il-vous-plaît, voici mon numéro de téléphone.

—On vous tiendra au courant, Monsieur Corbusier. Merci pour votre aide !

Les enquêteurs quittèrent un Corbusier triste et très fatigué.

—Si nous trouvons qui est le propriétaire d'une Renault Captur rouge, nous avons notre coupable.

Il n'y a pas de maison d'habitation aux alentours, donc la voiture appartient bien à l'assassin. On peut éliminer Corbusier et

Marquis comme suspects. Nous allons réinterroger le propriétaire du *Charly*. Il pourra peut-être nous aider au sujet du propriétaire de cette voiture, dit Fabre.

Après avoir recontacté Charly Michaux, nos enquêteurs se rendirent au club.

Charly leur avait préparé deux cafés.

—Que puis-je faire pour vous Messieurs?

—Nous aimerions savoir si vous connaissez un client du club qui possède une Renault Captur rouge, demanda Fabre.

—Laissez-moi réfléchir, non cela ne me dit rien, désolé répondit Michaux.

—Est-ce que vous suspectez quelqu'un de notre communauté ?

—Non pour le moment nous rassemblons des preuves et faits justement pour disculper votre communauté. Soyez sans crainte Monsieur Michaux, répondit Philippe.

—Nous devons interroger toutes les personnes qui connaissaient Masson, rétorqua Fabre.

—Est-ce que vous vous souvenez d'autre chose, même de choses minimes qui ne semblent pas avoir d'importance pour vous ?

—Non je ne vois pas, j'aimerais tellement vous aider ! répliqua Charly.

—Voici ma carte de visite, si quelque chose vous revenait en mémoire, n'hésitez pas à me contacter ! Merci.

Fabre et Michel se dirigèrent vers le commissariat de police.

—Bon sang, on piétine, fit Philippe.

—Et Madame la Procureure qui risque d'appeler d'un moment à l'autre, répondit Fabre. On va interroger encore l'ami de Parmentier, Robert Duchâteau. On verra ce qu'il a à nous dire.

Le clocher sonnait onze heures. Robert Duchâteau les attendait déjà. Il était assis à la réception. Il était habillé d'un costume blanc. Il avait visiblement mal dormi, car il avait les yeux cernés. Des lunettes rouges chaussaient un nez très fin.

—Bonjour Monsieur Duchâteau, je suis le commissaire Fabre et voici l'inspecteur Michel. Veuillez prendre place.

—Bonjour Messieurs, comment puis-je vous aider ?

— C'est horrible cette histoire de meurtre, fit Duchâteau.

—Pourriez-vous nous reconfirmer où vous étiez dans la nuit de jeudi à vendredi ? demanda Fabre.

—Comme mon ami vous l'a déjà dit, nous étions à Marseille, à l'hôtel *Alix*, et nous ne sommes revenus que vendredi matin vers 9 heures.

—Je me suis arrêté à une pompe à essence à la sortie de Marseille, voyez par vous- même, voici le reçu.

—Quelle voiture conduisiez-vous ? rétorqua Fabre.

—Une Citroën C 4 de couleur noire. Un instant je vous montre les papiers du véhicule. Mais quel rapport avec le meurtre de Masson? fit Robert tout étonné.

—La caméra de surveillance a enregistré une Renault Captur de couleur rouge près du magasin de Monsieur Masson . Apparemment ce n'est pas la vôtre.

—Et pas celle de Jules non plus, car il a une Opel Astra grise, répondit Robert.

—Dernière question, quel métier exercez-vous Monsieur Duchâteau ?

—Je suis avocat à Nîmes rétorqua Robert.

—Connaissiez-vous Gilles Masson? demanda Fabre.

—Oui bien sûr, je l'avais aperçu chez Charly. Nous ne nous sommes jamais parlés, donc je ne le connaissais que de vue.

—Bien, nous vous remercions pour votre coopération Monsieur Duchâteau. Veuillez néanmoins ne pas quitter Arles jusqu'à ce que nous ayons résolu cette affaire. Merci.

—Bien sûr, retrouvez vite le coupable ! s'exclama Robert.

Robert Duchâteau s'éloigna du commissariat d'un pas rapide.

—Je pense qu'il dit la vérité, dit Fabre.

—C'est ce que je pense également, rétorqua Philippe.

—Nous allons tout de même vérifier ses dires; la caméra de surveillance de l'autoroute nous en dira plus.

En effet Parmentier et Duchâteau avaient dit la vérité. La caméra de surveillance les avaient enregistrés aux environs de 8 heures près de Marseille.

—Et si l'assassin est quelqu'un dont nous ignorons encore le lien qu'il avait avec Masson ? demanda Fabre. Nous allons réinterroger Ella de la Fuente, nous en saurons peut-être un peu plus.

—Qu'en penses-tu Raymond ?

—C'est une hypothèse, mais pourquoi aurait-elle assassiné Masson ? Je ne vois pas de motif. Elle n'était pas listée non plus sur les virements de Masson au sujet de l'importation illégale d'animaux sauvages. Je commence à avoir faim, fit Raymond.

—Où veux-tu qu'on aille déjeuner ? rétorqua Philippe.

—On va faire court, car on a pas mal de boulot. Si nous allions à la Brasserie Florence ? C'est à cinq minutes à pied. C'est bon, pas trop cher et ça va vite.

—Hop c'est parti, répondit Philippe.

—La Brasserie Florence servait un menu du jour à 10 Euros : Tomates, crevettes pour entrée, Steak, pommes frites comme plat de résistance.

Nos enquêteurs étaient assis à l'intérieur du restaurant, car le temps n'était pas au beau fixe. Il y avait une grande volière à l'intérieur de la brasserie.

Le lundi il n'y avait pas beaucoup de monde. C'étaient les vacances. Quelques touristes y étaient attablés seulement.

— Donc résumons-nous, comme coupable il ne reste qu' Ella de la Fuente, enfin si l'on considère le cercle d'amis de Masson. On se trouve dans un cul-de-sac. Après le déjeuner on va retourner chez Madame de la Fuente. Je veux en avoir le coeur net, dit Fabre. Elle a un alibi, pas de motif apparent… et puis l'ex-femme de Masson. On ira l'interroger également une seconde fois.

—Et si nous étions sur une fausse piste ? rétorqua Philippe.

Soudain la porte de la brasserie s'ouvrit. Madame la Procureure Hernoncourt entra. Elle avait un air sombre, l'air d'un week-end très chargé et d'un lundi pluvieux.

Le coeur de Fabre se mit à cogner, mais il ne laissa rien paraître.

—Comme surprise c'en est une, fit Marie-Hélène. Puis-je me joindre à vous, Messieurs ? Je suis d'une humeur massacrante, excusez-moi. J'ai Marie-Christine, ma fille aînée de 28 ans qui va divorcer. On l'avait à la maison dimanche toute la journée, elle et sa petite de cinq ans ; je suis épuisée. Je suis avant tout une mère et je me fais du souci. En plus le maire d'Arles m'a déjà appelée deux fois au sujet du meurtre ainsi que le juge d'instruction. Mais bon passons, ma vie privée n'est pas à l'ordre du jour ! Qu'avez- vous découvert Messieurs ?

—Nous avons creusé toutes les pistes et éliminé les suspects potentiels. Il ne reste plus que l'ex-femme de Masson et Madame Ella de la Fuente, la directrice du musée de l'Arles Antique, une connaissance de Masson. Nous devons les réinterroger. La caméra de surveillance a enregistré une Renault Captur de couleur rouge. Elle appartient à notre suspect. Elle était garée sur le parking de l'animalerie à l'heure du crime. Malheureusement nous n'avons pas pu relever le numéro d'immatriculation.

Aucune trace non plus de son ou de sa propriétaire. C'était quelqu'un qui connaissait la porte arrière du magasin. Mais tout meurtrier commet forcément des erreurs, dit Fabre. La preuve. Nous avons également interrogé le propriétaire du bar gay, Charly Michaux ; il nous a dit que Masson était lié à Charles Corbusier. Corbusier est hors de cause, nous avons vérifié. Un certain

Marquis a été interpellé. C'était le complice de Masson en ce qui concerne le trafic illégal d'animaux sauvages. Mais il n'est pas notre meurtrier. Masson était séropositif. Nous ne sommes pas certains que ce soit le mobile du crime. Nous faisons le maximum Madame la Procureure, en plus on n'en est qu'à la deuxième journée de l'enquête

Le serveur ramena l'entrée. On n'entendait plus que le bruit des couteaux et fourchettes. Les plats de résistance suivirent une dizaine de minutes plus tard.

—Je vois, fit Marie-Hélène, cette affaire est plus compliquée que je ne le croyais !

—Mes hommes ont déjà contacté la Préfecture pour qu'ils nous envoient une liste des propriétaires de la région de Renault Captur rouge. Peut-être que cela va nous aider dans notre enquête!?

—Vous avez toute ma confiance. Ce n'est pas la première fois que la police patauge ainsi, répliqua Marie- Hélène.

Madame la Procureure et les enquêteurs quittèrent la brasserie aux environs de 13 h 30. Le temps s'était amélioré. Il ne pleuvait plus.

—Bon nous allons faire une visite à Madame de la Fuente, dit Fabre. Je viens de l'appeler, elle est chez elle.

—Bonjour Madame de la Fuente. Excusez-nous de vous déranger, mais nous aurions encore des questions à vous poser.

—Mais je vous ai tout dit, je ne vois pas ce que je peux faire encore pour vous aider ? rétorqua de la Fuente exaspérée.

—Quelle voiture possédez-vous, ainsi que votre mari ? demanda Philippe.

—Nous roulons en Nissan Quashqai ; moi j'en ai une blanche, mon mari en a une noire. Mais qu'est-ce que nos voitures ont à voir avec ce meurtre ?

—Ce n'est pas la voiture que nous recherchons, fit Philippe. Le suspect possède une Renault Captur de couleur rouge.

Elle a été enregistrée sur la vidéo de surveillance à l'heure du crime tout près de l'animalerie, répondit Michel.

—S'il vous revenait quelque chose en mémoire, même un petit détail insignifiant, appelez-nous, dit Fabre. Et il lui tendit sa carte de visite.

—C'est d'accord !

Et nos policiers se dirigèrent à nouveau en direction du commissariat de police.

—Ah Commissaire, fit Jacques Materne, l'agent qui était en train d'analyser la liste de la Préfecture. On vient tout juste de recevoir la liste des Renault Captur de couleur rouge qui sont immatriculées à Arles et aux alentours. La liste est longue.

Je contrôle également s'il n'y a pas eu de ventes ces derniers jours.

—Sait-on jamais ce qui se passe dans la tête de l'assassin. Dès que j'ai un résultat, je vous en informe.

—Bien Jacques, nous allons ressortir, appelez-moi sur mon portable si vous avez du nouveau.

De retour au poste, Fabre appela l'ex-femme de Masson. Elle était chez elle. Ils décidèrent de la réinterroger.

—Bonjour Madame Thèbes, veuillez nous excuser, mais nous aurions encore une question à vous poser ? demanda Fabre.

—Quelle voiture possédez-vous ?

— Une Clio verte. Mais qu'est-ce que le meurtre de Gilles a à voir avec ma voiture ? Je ne comprends pas, fit Arlette. Voici les papiers de ma voiture.

—Une Renault Captur rouge a été vue à proximité du lieu du crime, répondit Fabre.

Donc à première vue, ce n'est pas la vôtre. Vous ne connaissez personne qui en possède une ? Cette personne est suspectée d'avoir assassiné votre ex- mari.

—Non je ne vois pas Messieurs. Je voudrais vous informer par ailleurs que depuis deux ans, j'ai refait ma vie. Donc si vous pensez que j'étais jalouse, détrompez-vous Messieurs, fit- elle d'un ton arrogant.

—Pourquoi ne pas l'avoir dit plus tôt ? Ceci nous aurait permis de vous rayer de la liste des suspects, Madame Thèbes.

—Mais vous ne me l'avez pas demandé Messieurs, rétorqua Arlette d'un ton ironique et hautain.

—Madame Thèbes, vous pourriez être inculpée pour dissimulation d'informations et entrave à une enquête en cours, s'écria Fabre visiblement agacé. Veuillez rester à la disposition de la justice jusqu'à ce que le meurtre de votre ex- mari soit élucidé. Merci!

— Quelle arrogante bonne femme, s'écria Philippe.

— Elle est certainement hautaine et arrogante, j'en conviens, mais je ne pense pas qu'elle soit notre assassin, dit Fabre. Nous allons rentrer au commissariat.

Soudain son portable sonna, c'était Corbusier.

—Monsieur le Commissaire, je me souviens d'un détail qui peut être important, Gilles s'était disputé récemment avec Charly Michaux au club. Je n'ai pas entendu ce qu'ils se disaient car ils étaient trop loin de moi.

—Merci pour votre témoignage, Monsieur Corbusier, nous allons faire le maximum pour retrouver l'assassin de votre ami, rétorqua Fabre.

—Philippe, c'était Corbusier, il vient de me dire que ce Michaux du club gay s'est disputé avec Gilles Masson.

—On va aller au commissariat et voir si Jacques a déjà découvert quelque chose concernant cette fameuse liste d'immatriculation de la Préfecture répondit Philippe. Dès leur entrée ils interpellèrent Materne.

—Dis-donc Jacques, vérifie sur la liste si le nom de Charly Michaux y figure, fit Fabre.

—Un moment chef, je vais voir. Je vous demande quelques instants.

—Viens Philippe, on va boire un café en attendant.

Cinq minutes plus tard Jacques fit signe à Fabre et Michel.

—Bingo. Vous aviez raison chef, ce Charly Michaux figure bien sur la liste que la Préfecture nous a envoyée.

—Jacques faites venir Albert Saint-Jean et Pierre Montcharles au bar gay *Chez Charly*, rétorqua Philippe.

—Je m'occupe de la signature de la perquisition par Madame la Procureure, s'exclama Michel.

—D'accord, tout de suite, répondit Jacques

—Viens Philippe, nous allons de nouveau au bar gay !

En passant on va chercher la signature de Madame la Procureure.

—Vous encore une fois, mais que se passe t-il ? fit Michaux. Sa voix était stridente.

—Monsieur Michaux, vous nous avez caché que vous possédez une Renault Captur rouge. En plus un témoin vous a vu vous disputer violemment récemment avec la victime, rétorqua Fabre.

—C'est vrai je vous ai caché cela, j'avais peur d'être suspecté du meurtre de Gilles. Mais la voiture n'est pas une preuve pour être inculpé, non? Elles sont un peu minces vos preuves, fit Charly d'un ton narquois.

—Notre équipe scientifique va venir d'une minute à l'autre et croyez-moi, ils vont trouver des preuves solides dans votre voiture et dans la maison. De plus le meurtrier a laissé une empreinte partielle au magasin, car ses gants en latex se sont déchirés. Sans parler du bout de fibre entre les ongles de la victime. Comme quoi, Monsieur Michaux, le crime parfait n'existe pas, rétorqua Fabre.

Vous pouvez garder le silence, car tout ce que vous direz pourra être retenu contre vous. Je vous conseille d'appeler votre avocat, fit Philippe. Si vous n'en avez pas, il vous en sera commis un d'office. Vous allez nous accompagner au commissariat de police, Monsieur Michaux. Mais d'abord, veuillez nous dire où est garée votre voiture?

Michaux était blanc comme un linge, il leur tendit les clefs de la voiture.

—Elle est dans le garage avec la poignée noire, juste en face, fit Michaux d'une voix cassée.

Cinq minutes plus tard Albert et Pierre étaient sur place et commencèrent à analyser la Renault Captur rouge de Michaux. Pendant ce temps là, Charly était assis au commissariat. Son avocat, maître Charpentier, commis d'office, était présent à l'interrogatoire. Philippe avait procédé à l'identification de ses empreintes et à son ADN. Il ramena l'échantillon à Caroline Saint Jean.

—Caroline, tu pourrais faire une vérification de l'ADN et des empreintes de notre suspect, Charly Michaux ? Tu as les particules des gants en latex de la scène de crime, demanda Fabre. Cela devrait suffire ou presque pour l'inculper. Albert et Pierre sont dans le garage du suspect, ils ne peuvent pas le faire, ajouta-t-il. En plus ils sont en train de retourner sa maison.

—D'accord Raymond, je m'en charge, rétorqua Caroline. Je suis polyvalente. Il faudra patienter, désolée.

Charly, pendant ce temps là, s'entretenait avec son avocat. Soudain le portable de Fabre se mit à sonner. C'était Albert Saint Jean.

—Monsieur le Commissaire, nous en avons terminé avec la voiture de Michaux. Nous avons prélevé des particules de fibres, de tissus et de poussière. On ramène la voiture au garage de la police. On a également retourné la maison.

—C'est bien Albert, nous vous attendons. Vous ramènerez les échantillons à Caroline ; elle a déjà commencé à analyser les empreintes de Michaux, répondit Fabre.

—Monsieur le commissaire,, mon client va garder le silence pour le moment, fit maître Charpentier.

—C'est son droit, pas de soucis, mais croyez-moi maître, je suis persuadé qu'il devra sortir de son silence dès qu'on aura trouvé les preuves nécessaires pour l'inculper du meurtre de Gilles Masson, rétorqua Fabre.

Philippe ramena du café à tout le monde.

Pendant ce temps, Raymond sortit du bureau et téléphona à sa femme. Sa montre affichait 18 h 30.

—Allô chérie, comment tu vas ? Ah tu étais débordée aujourd'hui. Je ne te dis pas ici, mais bon c'est ainsi. C'est mon métier. Je ne sais pas à quelle heure je vais rentrer. Nous sommes en train d'interroger un suspect et de rassembler les preuves pour lui faire avouer son crime. Ne m'attendez pas pour dîner. Bisous.

—Très bien, Maxime et moi on t'embrasse fort.

Et Marie-Paule raccrocha le combiné.

De l'autre côté, Philippe avertit également Christine qu'il allait rentrer plus tard.

Albert et Pierre étaient de retour et s'affairaient autour de Caroline. Une demi-heure plus tard, Caroline appela Fabre.

—Raymond tu peux venir un moment, nous avons terminé avec les analyses. C'est bien Michaux ton assassin, nous avons identifié ses empreintes et son ADN. Elles correspondent aux empreintes partielles qu'il a laissées sur les particules des gants en latex. Pour ce qui est des fibres de tissu retrouvées sous les ongles de Masson, elles correspondent à un pantalon en tweed dans l'armoire de Michaux. Les particules de terre retrouvées à l'intérieur de la voiture correspondent à celles du terrain qui se situe tout près du magasin animalier, ajouta-t-elle.

—Merci Caroline, merci à vous tous, rétorqua Fabre.

Raymond entra dans la salle d'interrogatoire.

—Monsieur Michaux, notre police scientifique a trouvé toutes les preuves nécessaires pour vous inculper du meurtre de Monsieur Masson. Vos empreintes et votre ADN correspondent bien aux preuves trouvées sur place. De plus les particules de terre dans votre voiture sont les mêmes que celles du terrain qui est situé à proximité du magasin. Ceci n'est pas une preuve directe, mais indirecte, dit Fabre. Et les fibres qui se trouvaient sous les ongles de Masson sont bien celles de votre pantalon en Tweed dans votre armoire. Donc il n'y a plus aucun doute possible, vous êtes l'assassin de Gilles Masson.

—Vous voulez toujours garder le silence, ou vous voulez coopérer ? Ceci allégerait votre peine, rétorqua Philippe.

Michaux avait changé de couleur.

—Oui j'ai assassiné Gilles !

—Dites-moi pourquoi vous lui en vouliez? Comment avez-vous appris à manipuler des reptiles dangereux ? demanda Fabre.

—J'ai travaillé deux ans au Zoo à Nîmes. On m'avait appris comment manipuler des serpents, rétorqua Charly.

—Mais pour quelle raison avez-vous tué ce pauvre type? demanda Philippe.

—Je suis allé le voir vendredi très tôt avant qu'il n'ouvre. On s'était déjà disputés au club. Il dormait dans l'annexe du magasin. J'avais appris par mon médecin qu'il m'avait refilé une maladie inguérissable. Maintenant moi aussi je suis séropositif. Je n'en pouvais plus ! C'est arrivé un jour, pendant l'absence de Corbusier ; j'en ai profité. C'était fatal ! On aurait dû prendre des précautions, on ne l'a pas fait, et Gilles, je pense, s'en foutait ! Je suis allé au magasin pour lui dire ce que je pensais de lui. Je ne dormais plus depuis le verdict du médecin. Il m'a ri à la figure. Il s'en foutait visiblement. J'ai vu rouge, j'ai pris le mamba noir qui l'a mordu tout de suite. Voilà l'histoire. Je me sens mieux maintenant. J'aurais dû lui casser la gueule, mais pas le tuer. C'est trop tard maintenant, je ne peux plus revenir en arrière, fit un Michaux anéanti.

—On vous remercie Monsieur Michaux pour votre coopération.

Il appela deux agents de police qui le conduisirent en cellule.

—Je peux comprendre sa rage, fit maître Charpentier. Je vais voir ce que je peux faire pour lui.

Et il s'éloigna.

Fabre appela Marie-Hélène Hernoncourt qui laissa éclater sa joie. Philippe appela l'ami de Masson, Charles Corbusier pour l'informer que l'enquête était close et qu'il allait lire le nom du coupable le lendemain dans les journaux. Il était 20 heures et les bureaux du commissariat se vidaient. Raymond et Philippe se dirigèrent vers le parking du commissariat. Il leur aura fallu seulement trois jours pour élucider ce crime.

C'est ainsi que se termina l'enquête sur le meurtre de Gilles Masson, un homme très matérialiste qui n'avait pas beaucoup de scrupules envers ses semblables.

CRIMES ET INTRIGUES A OSTENDE

Résumé

Le corps d'un membre de la sûreté de la capitainerie est retrouvé assassiné sur les quais d'Ostende.

Il s'agit de James Callaghan. Il a été assassiné à l'aide d'un dérivé de la ricine. L'inspecteur principal, Mathis Baert, et l'inspecteur Léo Cleppe mènent l'enquête. Un deuxième meurtre est commis. Il s'agit du fils de la victime, Calean !

Qu'avaient-ils découvert?

Il était 7 heures du matin. C'était un vendredi au cœur de l'été. Le réveil de l'inspecteur principal de la police d'Ostende sonna.

Mathis Baert se leva rapidement. Son T-Shirt blanc et son short à rayures noir et jaune étaient trempés.

Sa femme Annelies avait du mal à se lever, car elle n'avait pratiquement pas fermé l'oeil de la nuit. La chaleur était accablante. Le stress au bureau y était également pour quelque chose. Nous étions fin juin et le baromètre affichait déjà les 28 degrés à l'extérieur.

— Incroyable, pensa-t-elle.

À travers les volets de leur chambre à coucher filtrèrent les premiers rayons de soleil. Les merles commencèrent à fredonner leurs plus belles mélodies.

Les abeilles étaient en train de récolter du nectar sur les fleurs et vivaces des Baert. Mathis avait 45 ans, Annelies 40. Le couple n'avaient pas d'enfants. Par contre ils avaient adopté un petit chien d'un refuge, Yoky, un Fox Terrier avec un caractère bien trempé mais très affectueux. Il avait 3 ans. Il virevoltait dans les jambes de Mathis.

Annelies était employée comme secrétaire bilingue à la mairie d'Ostende. Son activité était liée à la gestion du port de la ville. Elle était sous les ordres du maire d'Ostende.

Les Baert prenaient leur petit déjeuner quand le téléphone sonna. Il était 7 h 30 heures. A l'autre bout du fil il y avait Léo Cleppe, l'inspecteur qui travaillait avec Mathis.

— Allo Mathis, désolé de te déranger à la maison, mais nous avons un nouveau meurtre sur les bras.

— Bonjour Léo, de qui s'agit-t-il ?

— Le corps d'un marin a été retrouvé sur les quais tôt ce matin par un témoin qui faisait son jogging à proximité. Emma van de Maele, la légiste, est sur place et elle a déjà fait ses premières analyses. La mort devrait remonter aux environs de 2 heures du matin. La scientifique est également ici. Ils recherchent les moindres indices qui pourraient nous aider à retrouver le ou la coupable. Le périmètre est bouclé.

— J'arrive tout de suite, rétorqua Mathis.

Il embrassa Annelies, fit une caresse à Yoky, et le voilà en route pour la scène de crime, les quais d'Ostende ! Mathis gara sa voiture, une vieille Ford, et se dirigea vers Emma.

— Bonjour Emma, comment allez-vous ?

— Oh, Mathis, il fait vraiment trop chaud, mais bon c'est l'été.

— Pour notre corps, il s'agit d'un homme de type européen. Comme vous pouvez le constater il porte des vêtements marins, enfin un uniforme. Il devait avoir aux alentours de cinquante ans. Nous n'avons pas trouvé de papiers d'identité sur lui. A première vue il ne porte pas de blessures apparentes, pas de traces de coups sur le corps. Je pense à un empoisonnement par absorption d'un produit toxique. La mort devrait remonter aux environs de 2 heures du matin, d'après la rigidité cadavérique. L'autopsie nous en dira plus.

Mathis et Léo prirent des clichés du cadavre.

— Quand pourrais-je avoir les résultats, Emma ? demanda-t-il.

— D'ici demain matin je pense.

— Si vous le souhaitez Mathis, je faxe la photo au service des identités; peut-être que notre homme est fiché quelque part, sait-on jamais ?

— Très bien Emma, vous avez mes coordonnées. Nous allons enquêter sur les bateaux près du quai, Léo et moi.

— D'accord, pas de soucis !

— Bon, fit Mathis, nous avons du boulot. Je suggère que nous montrions la photo du marin au personnel des voiliers et bateaux.

— Ja meneer, répondit Léo. Cela va être la galère, mais c'est notre travail. Léo avait la cinquantaine, les cheveux blonds. Il avait un caractère jovial et enjoué.

— Comment allons-nous procéder, Mathis ? Tu prends le quai sur la gauche et moi celui près de la route principale de l'autre côté ?

— D'accord Léo, on y va.

Nos deux policiers s'aventurèrent sur les trois-mâts, les deux-mâts, les bateaux à moteur, les petits voiliers. Quelques pêcheurs se trouvaient également sur le quai.

Personne ne connaissait la victime. Les bateaux battaient pavillon belge, néerlandais, français, allemand, anglais, maltais, norvégien. Mathis s'adressa d'abord au propriétaire du *BRENDA*

SMITH un bateau à moteur de 1990. Le bateau battait pavillon maltais et c'était un trois mâts très bien entretenu. Le propriétaire était un richissime ingénieur anglais. Le capitaine parlait le flamand, ce qui arrangeait naturellement Mathis. Hélas, il ne connaissait pas la victime. Mathis continua son interrogatoire du côté d'un petit bateau de pêche, le *MARINES NEST*. Il battait pavillon belge. Le propriétaire ne connaissait pas non plus la victime.

— Décidément, pensa Mathis, j'espère que cela ne va pas continuer ainsi, mais restons positif !

De l'autre côté du port Léo était en train d'interroger le capitaine du *MARINA*, un trois-mâts battant pavillon anglais.

Heureusement que Léo comprenait l'anglais. Et là, la chance lui sourit !

Le propriétaire du *MARINA* était un architecte de Londres, en retraite . Il s'appelait Arthur Ferguson. Ferguson portait un bermuda bleu-foncé et une chemise en coton blanc. Une barbe grise ornait un visage bien sympathique. Il portait des lunettes bleu foncé. Il s'y connaissait en bateaux et navigation cela se voyait tout de suite. Il était très adroit. Ferguson était âgé d'une soixantaine d'années. Le bateau avait été repeint récemment. Une odeur forte de lasure se dégageait dans l'air chaud. Quand Léo lui posa des questions, il fixa la photo. Puis il s'adressa à l'inspecteur dans un anglais pur et bien compréhensible :

— Oui Monsieur l'inspecteur, je connaissais votre marin ! Il s'appelait James Callaghan et était irlandais. Il était employé au port de Waterford en Irlande avant de se retrouver à Ostende. Il avait été licencié il y a quatre ans. La capitainerie d'Ostende l'avait embauché à la sûreté pour surveiller les bateaux, la nuit ou le jour. Il travaillait sur trois postes.

— Je l'ai croisé plusieurs fois au *ST. PATRICK'S BAR*.

Nous avons discuté ensemble de temps à autre. Il avait un fils, Calean, qui lui travaille au Rosslare Europort en Irlande. Sa femme Mary est morte il y a deux ans. Je ne sais pas de quoi, car je n'ai pas osé lui poser la question. Mais il ne parlait pas beaucoup de sa vie privée vous savez.

— Vous a-t-il parlé de quelqu'un qui lui en voulait ? Est-ce qu'il se sentait menacé ?

— Non, il ne m'a rien dit, désolé Monsieur l'inspecteur.

— Bien, est-ce que vous pourriez venir au commissariat dans l'après-midi, disons 16 heures pour signer votre déposition ?

— D'accord, j'y serai.

— Merci Monsieur Ferguson, vous nous avez beaucoup aidés. A tout à l'heure.

Léo sortit son téléphone portable de sa veste et appela Mathis.

— Allô Mathis, où es-tu ? Ah, sur le quai, je te vois, d'accord. J'ai les coordonnées de notre victime. Je te rejoins.

— Super travail Léo. Nous allons à la capitainerie de ce pas. On va voir si on va nous en dire un peu plus sur notre victime. Je suis curieux d'entendre ce qu'Emma va trouver.

Cinq minutes plus tard les inspecteurs gravirent les marches de la capitainerie d'Ostende. Ils se présentèrent à la réception. On leur demanda d'attendre quelques minutes.

La porte du bureau s'ouvrit. Devant eux se tenait un membre de la capitainerie. Il était vêtu d'une chemise blanche et d'un pantalon bleu foncé. Il portait une veste marine sur une chemise ornée de deux galons jaunes. Il les salua poliment et s'adressa à Mathis :

— Bonjour Messieurs, je suis Adam van Kasteren, l'adjoint du capitaine van Coile. Veuillez entrer dans mon bureau. Que puis-je faire pour vous ?

— Bonjour Monsieur van Kasteren, je suis l'inspecteur principal Mathis Beart, voici mon collègue Léo Cleppe, inspecteur de la police d'Ostende.

— Ce matin un corps à été retrouvé sur le quai du port. Regardez la photo, est-ce que vous connaissez cet homme ?

— Certainement je le connais. C'est James Callaghan. Nous l'avions embauché à la sûreté il y a quatre ans, fit Adam. Mais que s'est-il passé ? Qui l'a tué ?

— Pour l'instant notre enquête débute seulement, désolé nous ne pouvons vous en dire plus. Notre médecin légiste est en train de faire l'autopsie du corps pour le moment, répondit Mathis.

— Est-ce que vous savez si quelqu'un lui en voulait ?

— Oh vous savez Monsieur l'inspecteur, nous employons à peu près 200 personnes. C'est impossible de bien connaître tous nos employés. Je suis navré, je ne peux pas vous en dire plus. Mais peut-être que ses collègues le pourront ? Vous les trouverez sur le quai. Ils veillent à la sécurité de certains bateaux. Vous les reconnaîtrez à leur uniforme noir avec l'écusson d'un bateau doré sur la poitrine. C'est le sigle de la capitainerie.

— Nous vous remercions Monsieur van Kasteren pour ces informations. Nous vous tiendrons au courant de l'enquête. Au revoir.

Mathis regarda sur sa montre. Il était 11 heures.

— Nous restons aux abords du quai pour déjeuner ? demanda Léo. Je n'ai rien apporté aujourd'hui, comme nous étions sur le terrain. Déjeunons sur place alors.

— Oui bien sûr, le *FISHERMAN* ça te va ? rétorqua Mathis. Ou bien le *MANDARIN PALACE* ?

— À vrai dire, je préférerais le *MANDARIN PALACE*.

— D'accord, répondit Mathis. Mais d'abord continuons nos investigations.

Le soleil brillait de toutes ses forces sur Ostende. Il n'y avait pas un nuage dans le ciel bleu. Les mouettes faisaient du bruit et s'affairaient près du *Vistrap*. Les marchands de poissons commençaient à ouvrir leurs petits commerces ambulants. Une aubaine pour nos volatiles !

— Léo tu viens, on va voir les collègues de Callaghan, peut-être en savent-ils un peu plus sur lui, enfin je l'espère !

— Il faut que j'appelle d'abord Calean, le fils de la victime, pour l'informer du décès de son père, rétorqua Léo.

— D'accord, essaie de joindre le *Rosslare Europort*, et laisse, s'il-te-plaît un message pour qu'il nous rappelle le plus rapidement possible.

Ce que fit Léo.

Deux minutes plus tard les deux policiers se tenaient de nouveau aux abords du quai. Comme van Kasteren avait bien décrit son personnel, il leur fut facile de les reconnaître. Léo s'adressa à un grand gaillard d'un mètre quatre vingt. Il portait un T-shirt blanc en dessous de son uniforme. Hélas il ne pouvait rien dire de plus à Léo.

Mathis tenta sa chance lui aussi. Devant lui se tenait un petit homme bien frêle d'un mètre soixante. Une barbe de deux jours ornait son visage. Il portait une casquette bleu marine. Hélas, lui non plus ne pouvait leur en dire plus.

L'inspecteur persévéra et soudain la chance lui sourit ! Il venait de décliner son identité quand un gars d'une quarantaine d'années lui répondit :

— Bonjour Monsieur l'inspecteur principal. Je suis le chef d'équipe de la sûreté.

Je m'appelle Hendrik van Dam. Je connaissais James. Nous allions boire un verre ensemble de temps à autre. Il était sérieux dans son travail. Il ne parlait pas beaucoup de sa vie privée je l'avoue. Il m'avait parlé il y a quelques mois de sa femme qui était décédée. Je n'ai pas osé demander ce qu'elle avait. Apparemment il n'avait pas encore fait son deuil.

— Dans quel local alliez vous boire un verre ? demanda Mathis.

— Au *SAILOR*, il y était souvent après le travail. Peut-être qu'un de ses amis pourra vous renseigner.

— Merci Monsieur van Dam pour votre aide. Nous allons suivre vos conseils. Vous pourriez venir signer votre déposition au commissariat en tant que témoin, disons vers 17 heures ?

— Très bien, j'y serai !

Après un signe de Mathis, Léo le rejoignit aussitôt.

— Léo, après le déjeuner, nous devons enquêter au *SAILOR*. Apparemment notre victime était connue dans ce local. Je viens de parler au chef de la sûreté, Monsieur Hendrik van Dam.

— Mathis, je ferai un tour au ST. *PATRICK'S' BAR*.

— D'accord, Léo on se partage le boulot comme d'habitude. Mais d'abord nous allons au *MANDARIN PALACE* en face manger un morceau, qu'en dis-tu ?

— Bonne idée, je meurs de faim.

Il était midi et les employés de la ville ainsi que les ouvriers affluaient des deux côtés du port. Les restaurants étaient nombreux à proposer des menus du jour dont quelques spécialités de la Côte Belge. Le *MANDARIN PALACE* était un très bon restaurant chinois. Des tableaux en soie jaune et orange ornaient des murs tapissés en rouge vif. Sur les rebords des fenêtres se trouvaient des orchidées et des pousses de bambou. Le serveur s'adressa à eux dans un flamand compréhensible. Il leur présenta la carte du menu.

— Alors, Léo, qu'est-ce que tu vas manger ?

— Oh, je vais prendre une salade chinoise, et du poulet chop suey.

— Et moi je vais manger des rouleaux de printemps et du canard laqué.

Puis ils appelèrent le serveur.

Pour accompagner leurs plats ils avaient commandé également une bouteille d'eau minérale. Il fallait rester sobre car ils étaient en service.

Le restaurant se remplissait à vue d'œil. Il était très connu à Ostende. "Une mine d'or," pensa Mathis.

Soudain son portable sonna. C'était Annelies.

— Bonjour chérie, nous sommes au *MANDARIN PALACE*. Ah, tu veux venir ? D'accord. Je te commande une soupe Wan Tang et du canard laqué comme d'habitude ? A tout de suite.

Mathis se leva et alla vers le comptoir pour commander le menu de sa femme.

— Tu sais Léo, pour l'instant Annelies est un peu stressée, ils ont les commissaires aux comptes à la mairie. Cela va lui faire du bien de se joindre à nous.

Elle les rejoignit dix minutes plus tard. De grosses perles de transpiration coulaient le long de son visage. Ses yeux étaient cernés.

Le serveur leur amena rapidement des plats bien savoureux.

— Oh Seigneur je n'en peux plus. Je n'avance pas dans mon travail, mais bon encore deux jours et les commissaires seront partis. Le maire et moi-même irons déjeuner avec eux lundi. Les deux dernières semaines étaient éprouvantes.

— Allez courage chérie, encore un peu de patience, fit Mathis.

— Et vous deux, sur quel meurtre enquêtez-vous ?

— Nous avons le cadavre d'un membre de la sûreté de la capitainerie sur les bras.

— Je vous souhaite beaucoup de patience et le succès au bout du compte. Je pense que tu vas rentrer tard ce soir ? rétorqua Annelies et elle cligna de l'oeil.

— Et oui chérie, on ne peux rien te cacher. Cela dépendra de l'avancement de l'enquête. Il lui sourit !

— Yoky me tiendra compagnie !

— Bonne continuation à vous deux, je dois rentrer à la mairie.

— Au-revoir Annelies, firent Mathis et Léo. Elle embrassa son mari et partit aussitôt.

Après avoir payé la note, nos deux policiers continuèrent leur enquête. Ils se donnèrent rendez-vous sur la place devant la Cathédrale.

Mathis se dirigea vers le *SAILOR*. Il n'était pas très loin du *MANDARIN PALACE*.

Le *SAILOR* était un bar typique de la région. Un drapeau flamand de couleur jaune clair avec un lion crachant du feu était ajusté sur la façade A l'intérieur le décor faisait penser à un bateau. Des filets de pêcheurs étaient accrochés au plafond. Des tableaux marins ornaient les murs peints en blanc.

Mathis déclina son identité.

Un homme chauve, d'une quarantaine d'années, s'adressa à lui.

— Bonjour Monsieur l'inspecteur en chef, je suis Clay van Osteren, le tenancier du bar. Que puis-je faire pour vous ?

— Est-ce que vous connaissez cet homme ? On l'a trouvé mort ce matin sur les quais du port ? demanda Mathis.

— Oui, James venait de temps à autre ici boire un verre avec des gars que je ne connaissais pas.

Ce n'était pas des gars de la sûreté de la capitainerie; ils ne portaient pas cet uniforme. Je l'ai aperçu hier soir. Mince et dire qu'on ne le reverra plus jamais, dommage ! Comment est-t-il décédé ?

— Nous pensons à un empoisonnement, mais l'autopsie n'est pas encore terminée, répondit Mathis.

— Était-il seul hier soir ?

— Non, il y avait un homme d'une cinquantaine d'années qui l'accompagnait. Ils semblaient bien s'entendre. L'homme en question est parti peu de temps avant James; quant à lui, il est sorti d'ici vers 1 h 30 je pense. L'homme qui l'accompagnait je ne l'ai jamais vu par ici, rétorqua Clay.

— Est-ce qu'il semblait agité, nerveux, vous semblait-t-il préoccupé par quelque chose ces derniers temps ? demanda Mathis.

— Hum, maintenant que vous le dites, oui. Les dernières semaines, il avait changé; il semblait plus soucieux que d'habitude. Son sourire et son humour avaient disparu. Il semblait agité quand ses compagnons le rejoignaient ici.

Mais bon je n'écoutais pas les conversations, car vous savez à partir de 19 heures, le bar se remplit. Nous servons également de petits en- cas. J'avais autre chose à faire, Monsieur l'inspecteur.

— Est-ce que par hasard ces types ont été pris en photo au bar? demanda Mathis.

— Eh bien oui, Monsieur l'inspecteur, quand il y avait la fête d'*Ostende à l'Ancre*, j'ai pris quelques photos.

— Je vous remercie pour ces détails. C'est vraiment une chance inouïe. Je vous demanderai de passer au commissariat plus tard pour signer votre déposition.. Rapportez également les photos prises des compagnons de James, s'il-vous-plaît. Un de nos agents va s'occuper de vous. Avec son aide et la vôtre, un portrait robot de l'homme qui accompagnait James le soir du meurtre sera dressé. Nous devrons l'entendre également en tant que témoin, si toutefois, grâce à vous, nous pourrons l'identifier.

— Je suppose que vous avez déjà dû passer les verres d' hier soir au lave-vaisselle ?

— Désolé, oui en effet; mais vous pensez que le meurtrier lui a mis un produit toxique dans le verre ? demanda Clay.

— Oui c'est une hypothèse, répondit Mathis. Vous ne voyez pas d'inconvénient à ce que nos agents scientifiques fouillent vos poubelles ?

— Non, bien sûr, j'espère qu'ils vont trouver une preuve. Plus vite l'assassin sera sous les verrous, mieux ce sera. Ce pauvre type ne méritait pas une telle fin ! Je passerai tout à l'heure avec la photo du groupe au commissariat pour le portrait robot, Monsieur l'inspecteur.

Mathis quitta les lieux et téléphona à la brigade scientifique. Puis il regarda sa montre. Il était 15 heures.

Pendant ce temps, Léo était en train d'interroger le tenancier du *ST. PATRICK'S* bar. Un drapeau irlandais était fixé sur sa façade blanche .

L'intérieur était agencé en bois de chêne. De vieux tonneaux servaient de tables et étaient décorés de motifs divers. Des bouteilles de bière de toutes les marques étaient exposées derrière le comptoir. Léo déclina son identité.

Il fit face à un homme robuste d'une trentaine d'années. Il portait un T-shirt vert et un pantalon jaune. Une barbe rousse ornait un visage bien sympathique. De petites lunettes noires étaient posées sur le comptoir.

— Bonjour Monsieur l'inspecteur, je suis Mike O' Donnel. Que se passe-t-il ? Pourquoi cette visite ?

— Connaissez-vous cet homme ? Son corps a été retrouvé ce matin sur les quais ? Regardez bien la photo.

— Oui, en effet il venait ici de temps à autre; je dirais 2-3 fois par mois, répondit Mike.

— Est-ce qu'il avait des amis qui l'accompagnaient ? demanda Léo.

— Non, il venait seul ici. Sauf une seule fois; il était accompagné d'un couple beaucoup plus jeune que lui. Il avait l'air de se disputer avec la femme, mais bon je n'écoute pas les conversations de mes clients, et aux heures de pointe encore moins ! répondit Mike.

— Quand cela s'est-il passé ?

— Laissez-moi réfléchir, je dirais il y a de cela, hum, je dirais 6 mois, à peu près, rétorqua Mike.

— Bien, s'il vous revenait autre chose en mémoire, téléphonez-nous, OK ? Pourriez- vous passer au bureau plus tard ? Un agent prendra votre déposition en charge et vous l'aiderez à dresser un portrait robot du couple. Merci.

— D'accord, je vais passer, pas de problèmes !

Et Léo rejoignit Mathis qui lui venait tout juste d'arriver.

— Alors, Mathis, qu'as-tu découvert ? demanda Léo.

— J'ai parlé à Clay van Osteren, le tenancier du bar. Il m'a dit avoir vu James hier soir en compagnie d'un homme, mais qui est parti avant lui. Il devait avoir une cinquantaine d'années. James venait souvent dans ce bar, accompagné de quelques gars. Apparemment ils n'étaient pas de la capitainerie. Il semblait agité quand il était en leur compagnie. J'ai appelé la scientifique. Ils vont retourner les poubelles du bar. Sait-on jamais, peut-être l'assassin a-t-il laissé des traces. Malheureusement les verres du bar sont déjà passés au lave – vaisselle.

Van Osteren va venir au commissariat dresser un portrait robot du type. Ce sera un casse-tête cette enquête, je le sens, rétorqua Mathis.

— Et toi Léo, qu'as-tu découvert ?

— Alors voilà, James ne fréquentait pas trop le *ST. PATRICK'S*. Il y allait 2-3 fois par mois, et la plupart du temps il était seul.

— Il y a deux mois de cela il était en compagnie d'un couple et il semble qu'il se soit disputé avec la femme. J'ai prié le gérant du bar de venir également au commissariat pour le portrait robot du couple, répondit Léo.

— Tout ceci est un peu mince, et nous n'avançons pas vraiment, rétorqua Mathis.

Soudain le portable de Léo sonna. C'était le fils de James, Calean.

— Bonjour Monsieur Callaghan. Je suis l'inspecteur Léo Cleppe.

J'ai malheureusement une triste nouvelle à vous apprendre. Votre père James a été assassiné. Je vous présente mes sincères condoléances. Il serait opportun que nous puissions vous interroger en tant que témoin et vous devrez identifier le corps. Vous serait-il possible de passer au commissariat de la police d'Ostende demain matin ?

Une voix timide à l'autre bout du fil répondit :

— Bonjour Monsieur l'inspecteur. Mais comment mon père est-t-il décédé ? C'est affreux. Je viens dès que possible, le temps d'avertir mon patron.

— Le corps de votre père a été retrouvé sur les bords du quai d'Ostende ce matin. Notre médecin légiste est en train de faire l'autopsie. D'ici demain matin nous pourrons vous en dire plus. À première vue il semble qu'il ait été empoisonné.

— J'essaierai d'être là demain matin aux environs de 10 heures. Je vais prendre l'avion. Je prenais toujours cet avion quand j'allais voir papa.

— Merci, Monsieur Callaghan, je serai au bureau. Léo raccrocha.

— Bon, allez on rentre, dit Mathis.

Mathis et Léo travaillaient dans le même bureau.

De retour au commissariat, le téléphone de Mathis sonna.

C'était Madame la Procureure, Mathilde Amelot, qui était au bout du fil.

Mathilde était une magistrate très énergique, mais humaine. Elle frôlait la cinquantaine.

— Bonjour Mathis, comment allez-vous ? Alors, comment avance l'enquête ? Qu'avez-vous découvert depuis ce matin avec Léo ?

— Bonjour Madame la Procureuer, nous ne sommes qu'au début de l'enquête. Léo et moi avons interrogé les tenanciers des bars où Callaghan se rendait de temps à autre. Apparemment il était en compagnie d'une homme hier soir, mais celui-ci est parti avant lui du *SAILOR*. Nous allons faire dresser un portrait robot de ce type à l'aide du tenancier du bar.

La scientifique va analyser le lieu au peigne fin. De plus il paraît qu'il était souvent avec des gars qui, à première vue ne travaillaient pas avec lui à la capitainerie. Callaghan semblait agité en leur compagnie. Par chance le tenancier a photographié le groupe lors *d'Ostende à l'Ancre*. Il va nous apporter la photo tout à l'heure.

— Nous avons convoqué son fils, Calean, qui va arriver demain matin au commissariat. Ainsi nous pourrons en savoir un peu plus sur notre victime. En ce qui concerne le *ST. PATRICK'S* bar, on ne l'a vu que rarement avec d' autres personnes. Juste une seule fois avec un couple. Il se disputait avec la femme. Le portrait robot sera également dressé pour ces personnes. Les résultats de l'autopsie ne seront disponibles que demain matin, Madame la Procureure. Désolé on ne peux pas aller plus vite !

— Très bien, je compte sur vous pour une enquête rapide et efficace, Mathis. Vous savez que la *VLAAM'S PRESS* va nous harceler et nous casser du sucre sur le dos si nous échouons..... !

— Ne vous inquiétez pas Madame la Procureure, nous ferons tout notre possible. Je vous appellerai dès qu'on a une piste sérieuse.

Les journalistes devront s'abstenir de tout commentaire erroné, sinon nous les poursuivrons pour déformation d'informations ou entrave à la justice. Cela pourrait leur coûter cher. Je vous tiendrai au courant. Au Revoir Madame Amelot.

— Au Revoir Mathis, à bientôt et bonne chance.

Mathis regarda la petite pendule qui était fixée au mur de son bureau. Il était 16 h 30.

— Léo, tu veux un café ? C'est ma tournée.

— Oui, volontiers.

Mathis se dirigea vers la machine à café y glissa de la monnaie et rejoignit Léo.

Soudain ils entendirent frapper à la porte du bureau. C'était le tenancier du *SAILOR* qui entra, Clay van Osteren. Il tenait une photo dans sa main.

— Bonjour Messieurs. Voici donc la photo que je vous avais promise. Vous pouvez la garder si vous le souhaitez.

— Veuillez prendre place, fit Mathis. Voulez-vous un café ?

— Oui, bien volontiers.

Mathis et Léo examinèrent la photo. Léo appela l'agent de police Adrian Beckart, chargé du portrait robot . Après une trentaine de minutes celui-ci était terminé.

Devant eux se dressait le portrait d'un homme d'une cinquantaine d'années, presque chauve, portant une boucle à l'oreille droite. Une barbiche brune ornait son visage. Un tatouage, représentant une ancre de bateau, avait été gravée sur son bras gauche.

— Bien Monsieur van Osteren, veuillez signer votre déposition s'il-vous-plaît, dit Mathis.

— J'espère que j'ai pu vous aider ? rétorqua Clay.

— Merci pour ces informations, vous nous avez beaucoup aidés, en effet, répondit Mathis.

Clay van Osteren sortit du bureau.

— Alors Mathis, je donne la photo à la scientifique ? Ces types sont peut-être fichés ? Le fichier central nous en dira plus. Cela va faire avancer notre enquête !.

— D'accord, vas-y, Léo.

— Je vais également appeler la scientifique, Michèle van de Lot, pour savoir s'ils ont déjà découvert quelques indices que le meurtrier aurait pu laisser sur place, rétorqua Mathis.

— Allô Michèle, comment vas-tu ? Avez-vous trouvé des indices qui nous permettraient d'avancer sur l'enquête ?

— Bonjour Mathis, nos agents sont en train d'examiner des mégots de cigarettes que l'on a trouvés dans les poubelles, des mouchoirs en papier, des paquets de cigarettes. Il y avait aussi des verres cassés. Peut-être allons nous découvrir si des traces d'ADN correspondent à celles du fichier central ? Néanmoins je ne pourrai me prononcer que demain, désolée Mathis.

Dix minutes plus tard, O' Donnel, le tenancier du *ST. PATRICK'S* frappa à leur porte.

— Bonjour Messieurs, je suis à votre disposition pour le portrait robot du couple.

— Un instant je vais appeler Adrian Beckart, l'agent en charge des portraits robots, dit Léo.

Une demi-heure plus tard, Adrian avait terminé.

Sur le portrait robot on pouvait distinguer un homme d'une trentaine d'années, il avait des lèvres minces, la chevelure rousse et des tâches de rousseur sur son visage. Une paire de lunettes de couleur noire encerclait un nez fin. La femme qui était avec lui devait être très belle. Elle avait des cheveux roux également. Un grain de beauté se trouvait sur sa joue droite.

— Je vous remercie pour votre aide Monsieur O' Donnel. Veuillez encore signer votre déposition. Merci.

Après son départ, Mathis regarda sa montre. Il était 18 h 30.

— Allez Léo, on rentre chez nous, je pense que pour aujourd'hui nous n'aurons plus d'autres informations.

— Passe le bonjour aux enfants et à Dominique.

Léo avait des jumeaux de 13 ans, Mathieu et Dirk. Dominique, la femme de Léo était française. Ils s'étaient connus à l'université de Bruxelles. Elle avait 35 ans.

— Je n'y manquerai pas, Merci à demain matin.

Après le départ de Léo, Mathis téléphona à Annelies.

— Bonsoir chérie, je viens de terminer pour aujourd'hui. Veux-tu que je prenne un poulet ? La boucherie à côté du commissariat est encore ouverte.

— Oui je veux bien, je viens de rentrer à l'instant, et je n'ai rien préparé. Il nous reste encore des tomates, cela devrait faire l'affaire. Tu veux bien ramener encore un peu de viande pour la semaine ? Merci chéri à tout à l'heure. Annelies raccrocha le combiné.

Mathis se dirigea vers la boucherie *Van de Linde*. Une odeur de viande rôtie remplissait le petit commerce. Il avait faim. Il acheta un beau poulet fermier, de la salade de pommes de terre, du jambon, saucisse, des steaks, côtes de porc et de veau. Le tout était soigneusement emballé. *Van de Linde* était connu pour sa qualité; il livrait également aux réceptions données par la mairie d'Ostende ! Mathis y assistait de temps à autre avec Annelies.

Il était 19 h 15 quand Mathis gara sa voiture au garage. Le couple habitait une petite maison de briques rouges à la sortie d'Ostende.

Yoky aboyait de toutes ses forces. Il sentait le goût du poulet et savait que ses maîtres allaient lui en donner un petit morceau. Il remuait sa petite queue!

Il faisait encore chaud et les Baert décidèrent de dîner à l'extérieur. C'était vendredi soir, mais hélas Mathis travaillait le lendemain. Une enquête en cours ne peut pas attendre, ainsi était sa devise. Et puis, le fils de Callaghan allait venir au commissariat. Qu'allait-il leur révéler ?

— Je vais mettre la viande au frigo, et après le dîner, je la mettrai au congélateur, dit Annelies.

— Nous allons dîner à l'extérieur demain soir, c'est samedi, tu veux bien ? demanda Annelies à son mari.

— Oui chérie, choisis le restaurant. Ce sera une surprise pour moi.

— Tu devines que Léo et moi on travaillera demain.

— Je m'en doutais, ce n'est pas une surprise. Vivement que vous trouviez le ou la coupable ! Demain matin j'irai à Delhaize quand tu seras au commissariat;

il faut que j'amène également Yoky au toilettage. Dans l'après-midi je dois m'occuper des roses fanées et je tâcherai de passer la tondeuse. Oh Mathis, c'est un peu beaucoup pour moi tu sais. Elle fit la moue. Tu es souvent absent et tout m'incombe.

— Désolé chérie, j'aurai bien voulu le faire, mais tu sais que tu as épousé un policier. La procureure et le maire ne vont pas nous lâcher. Tu pourrais demander à Julius, le fils du voisin s'il ne peut pas t'aider; tiens voici l'argent, c'est le reste de la boucherie. En une heure il aura terminé, je pense.

— Oh, c'est vrai je n'y ai pas pensé, bonne idée.

Il cligna de l'oeil.

Après le dîner, Mathis débarrassa la table, et Annelies mit la viande au congélateur.

— Viens Mathis, on va voir un petit film pour nous relaxer un peu.

— D'accord j'arrive, mais dis-moi quand est-ce que les commissaires aux comptes vont partir de la mairie ?

— Lundi soir, Alléluia.. Le maire et moi allons déjeuner avec eux lundi à midi. Quelle semaine épouvantable !

Deux heures plus tard, les lumières s'éteignirent dans la petite maison aux briques rouges. Le merle ne chantait plus, lui-aussi dormait. On entendit le cri d'une chouette et on pouvait distinguer ses yeux qui luisaient dans l'obscurité. Les grillons jouaient de la musique à l'aide de leurs élytres.

Vers 7 heures, le réveil des Baert sonna. Yoky attendait au pied du lit pour que son maître lui ouvre la porte. Il alla faire ses besoins dans les champs de blé juste en face de leur maison. Après trois minutes il était de nouveau à l'intérieur.

Mathis quitta la maison à 7 h 45 et se dirigea vers le commissariat de police. Léo était déjà arrivé.

— Alors Léo, as-tu bien dormi ?

— Oui, mieux qu'hier, je suis tombé comme un sac. Et toi ?

— On s'est couchés vers 22 heures 30 et on s'est endormis tout de suite.

— A quelle heure l'avion va arriver avec Calean ? demanda Léo.

— Attends je vais voir sur le Net; alors il atterrira ici à 9 h 50.

Soudain la porte s'ouvrit. C'était Emma van de Maele qui rentra.

— Bonjour vous deux, alors en forme pour le week-end ?

— Bonjour Emma, firent nos deux enquêteurs.

— Voici donc les résultats de l'autopsie : Notre irlandais a été empoisonné à la ricine. Cela me fait penser au "parapluie bulgare", cette affaire qui a fait le tour du monde en 1978. Souvenez-vous, ce fameux parapluie avec lequel on a tué un journaliste bulgare en exil à Londres, Markov. On lui avait injecté ce poison étant donné qu'il était opposé au régime communiste. Mais de nos jours c'est vraiment rare que quelqu'un se fasse tuer à la ricine. C'est très curieux. Ce poison a été reconnu comme "arme de guerre". Ils sont en train de développer un antidote dans les laboratoires. En examinant le corps, nous avons constaté que l'assassin lui a injecté ce produit hautement toxique dans la nuque. Comme le corps était couché sur le dos, je ne l'avais pas vu tout de suite. Il n'a donc pas pris le poison au bar. L'homme était en bonne santé, nous n'avons rien vu d'anormal autrement.

— Merci Emma, dit Mathis. Comme cela nous allons faire le tour des pharmacies pour savoir où ce produit a été vendu.

— Cela va être difficile, répondit Emma. La ricine peut être utilisée dans l'huile de ricin, dans les produits cosmétiques ou les lubrifiants de voiture. Mais elle peut être utilisée également en cancérologie dans les hôpitaux. Je pense que c'est un professionnel qui connaît très bien cette substance qui se l'est procurée. Je vous déconseille les pharmacies.

— Une aiguille dans une meule de foin, répondit Léo.

— Merci Emma pour ton aide, répondit Léo.

Après être sorti du bureau Mathis s'adressa à Léo :

— Je vais me rendre à la scientifique, voir où ils en sont avec les portraits robots et l'analyse des détritus du *SAILOR*. Michèle m'en dira plus, je pense. Une fois arrivé chez Michèle van de Lot, une surprise l'attendait !

— Bonjour, Mathis, je t'attendais. Alors le type sur la photo avec une ancre sur le bras, est connu dans notre fichier central. Il s'appelle Marco van de Belle. Il a été arrêté en 2012 pour un délit de "faux-monnayeurs". Il avait été arrêté au casino avec de faux billets de

50 Euros. Il en avait pris pour trois ans. Son ADN a été retrouvé également sur un mégot de cigarette des poubelles du *SAILOR*. Donc c'est bien lui, il n'y a pas d'erreur possible. Nous n'avons pas trouvé d'autre piste intéressante, mais bon nous cherchons encore.

— Tu veux mon avis Michèle : ce n'est qu'un pion. On devra trouver "la tête" de ces malfrats. A l'époque il n'avait pas divulgué le nom de son "patron". Je me souviens de lui, maintenant. Mais que faisait-il avec James Callaghan ? De qu'elle façon notre victime était-elle liée à ce malfrat ? A nous de le découvrir. On va essayer d'obtenir son adresse et nous allons le convoquer au commissariat, mais en tant que témoin. On verra par la suite ce qu'il a à nous révéler.

— Et pour le portrait robot du couple qui était avec Callaghan au *ST. PATRICK'S'* ? demanda Mathis ?

— Cela n'a rien donné, les deux ne sont pas fichés, désolée, je ne peux pas vous aider là dessus..

— Bien, merci Michèle, c'est déjà pas mal pour un début.

— On va tâcher de faire apparaître leur portrait dans les journaux, qui sait ? fit Léo.

— On n'oubliera pas de les faire publier également en Irlande, sait-on jamais.

— Oui et en plus je vais appeler la RTBF pour tenter de faire passer le portrait robot de notre couple au journal de ce soir ? Cela va nous faire gagner du temps sur les journaux, rétorqua Mathis. Il appela tout de suite la rédaction et passa un mail avec le scan du portrait robot. Mathis regarda sa montre, il était 10 heures. L'avion de Calean allait bientôt se poser. Il se dirigea vers son bureau et en passant il prit deux cafés, un pour Léo et un pour lui.

— Alors Léo, tiens-toi bien. L'homme à l'ancre sur le bras est un petit truand. Marco van de Belle. Il a été arrêté en 2012 pour un délit de "faux-monnayeur". Je me demande ce que Callaghan faisait avec ce type. Il en avait pris pour trois ans et il n'a jamais divulgué le nom de son complice.

— Je vais voir si on trouve son adresse récente dans notre fichier central, fit Léo.

—Voici, van Iseghemlaan 30.

— Nous irons l'interroger dès que nous en aurons terminé avec le fils de Callaghan, répondit Mathis.

— Très bien, Mathis.

Soudain on frappa à la porte, c'était un agent de police de l'aéroport.

— Excusez-moi de vous déranger, Messieurs, je suis le brigadier van de Meulen. Nous avons trouvé votre nom sur une feuille de papier. Elle se trouvait dans la veste de notre victime, Calean Callaghan. Il s'est écroulé dans le hall de l'aéroport. Il a été tué à l'arme blanche dans les WC. Nous n'avons pas retrouvé l'arme du crime, hélas. Mes hommes ont bouclé le périmètre.

— Mince, effectivement nous devions l'interroger sur l'assassinat de son père, fit Mathis. Notre légiste et notre brigade scientifique viendront sur place. Qui sait, ils trouveront peut-être un indice. Dès qu'ils auront terminé, le corps pourra être transporté à l'institut médico-légal pour une autopsie.

— N'oubliez-pas de leur remettre également la cassette de la vidéo - surveillance, suggéra Mathis.

— Je vous remercie pour votre aide brigadier van de Meulen.

— Merci à vous, inspecteur principal, je remettrai la cassette à vos collègues, répondit-t-il.

— Eh bien, nous devrons convoquer le supérieur de James Callaghan, Hendrik van Dam, pour l'identification du corps. Son fils ne pourra plus le faire, hélas, dit Léo.

— Cette affaire prend de l'ampleur, rétorqua Mathis. Calean avait certainement quelque chose d'important à nous révéler pour qu'on le supprime dès son arrivée.

Léo appela Hendrik van Dam pour qu'il se rende à l'institut médico-légal. Lui-même s'y rendrait.

Un quart d'heure plus tard van Dam arriva sur les lieux. Il identifia tout de suite le corps qui reposait dans un tiroir frigorifique.

— Il m'a toujours dit qu'il voulait que ses cendres soient dispersées en mer, fit van Dam. Est-ce que c'est possible ? Je pense que l'autopsie est terminée, non ?

— Oui le corps pourra être incinéré sous deux ou trois jours. Nous allons nous en occuper avec le service compétent, répondit Léo. La médecin légiste doit donner son accord avant l'incinération.

— Je vous avertirai et vous pourrez venir chercher les cendres.

— Merci c'est très aimable !

— Bon, fit Mathis, nous allons nous rendre maintenant au domicile de van de Belle, en espérant qu'il soit à la maison.

Dix minutes plus tard nos enquêteurs se trouvaient face à lui.

Mathis fit les présentations. Van de Belle n'était pas surpris de les voir arriver.

— Bonjour Messieurs, j'ai lu la presse ce matin, et je savais que vous alliez venir me trouver ! Je vous assure que depuis ma sortie de prison l'année dernière, je n'ai commis aucun délit. Je travaille au garage *Peter Kloot* depuis 9 mois. Vous pourrez leur demander, je fais pas mal d'heures supplémentaires en semaine.

— Comment cela se fait-il que vous n'avez jamais dénoncé votre complice ? demanda Mathis.

— Je ne suis pas une balance vous savez !

— Et que faisiez-vous avec notre victime James Callaghan ? Le connaissiez-vous ? Vous avez été aperçu avec lui *au SAILOR* hier soir, répondit Mathis.

— Oui, je le connaissais, nous avons travaillé ensemble quelques mois avant mon arrestation. De temps à autre on se voyait dans les bars d'Ostende. Il n'était pas mon complice si vous voulez le savoir. Il n'avait rien à voir avec cela. Quand je suis parti il était encore bien vivant je vous l'assure.

— Est-ce que James vous a parlé de ses problèmes, est-ce que quelqu'un lui en voulait ? demanda Léo.

— Non pas que je sache.

— Est-ce que vous allez fouiller mon appartement ? Vous savez je n'ai rien à cacher, croyez-moi j'ai refait ma vie depuis ma sortie de prison. Le week-end je m'occupe d'une association caritative. Vous pouvez leur demander des renseignements, voici l'adresse. Van de Belle tendit une carte de visite à Léo.

— Non pour l'instant vous êtes un témoin et la dernière personne qui a vu vivant James Callaghan, rétorqua Mathis. Dites-nous où vous étiez à l'heure du crime, Monsieur van de Belle ? Est-ce que vous avez croisé ou vu une personne en rentrant ? Elle pourrait confirmer votre alibi.

— J'étais de retour aux environs de minuit trente. En revenant j'ai croisé Arthur van Linde, le boulanger qui se préparait à sortir sa voiture pour aller travailler. Il possède une boulangerie non loin de la cathédrale

— Nous allons vérifier vos dires, rétorqua Léo. Pourriez-vous venir aujourd'hui à 14 heures au commissariat pour signer votre déposition, s'il-vous-plaît ?

— Oui, d'accord, fit van de Belle.

— Alors, qu'est-ce que tu penses de van de Belle ? Est-ce que tu crois vraiment qu'il a changé ?

— Cela se pourrait effectivement, répondit Mathis. Mais bon nous allons vérifier ses dires, et puis on verra.

— Viens nous allons à la boulangerie, nous ne sommes pas très loin. On en aura le cœur net, Léo.

Arthur van Linde confirmait l'alibi de van de Belle.

— J'ai faim, dit Léo. Est-ce que l'on va jusqu'au *Vistrap* nous acheter un en-cas ?

— Oui, moi aussi, ça tombe bien.

— Je pense à quelque chose, fit Mathis. Nous devrions absolument savoir de quoi la femme de Callaghan est morte, Léo.

— Mais comment ça ? Dis-moi pourquoi, Mathis ?

— C'est juste une idée qui m'est passée par la tête, Léo, dès que les éléments seront en place, je pourrais t'en dire un peu plus. Patience !

— Et pour ces types qui venaient l'embêter au bar, qu'est ce qu'on fait ? demanda Léo.

— Il avait peut-être des dettes de jeu, qui sait ? Nous devons suivre toutes les pistes; on ira également enquêter au casino.

— Je sais que je peux me fier à ton flair, Mathis.

— Pour le casino, on peut appeler la direction et on en saura plus, rétorqua Mathis.

En ce qui concerne les hôpitaux, on commencera à enquêter cet après-midi et lundi matin, car il y en a huit si ma mémoire est bonne, en y ajoutant les cliniques privées, fit Léo.

Puis Mathis appela la direction du casino. Effectivement il avait du flair. Quand il avait raccroché, il s'adressa à Léo :

— D'après le directeur du casino, James Callaghan avait des dettes, c'était un joueur qui était exclu du casino depuis huit mois. Le casino lui avait prêté 3.000 Euros en jetons. Il ne voulait et ne pouvait pas payer ses dettes et des agents du casino l'avaient suivi au *SAILOR* pour lui réclamer l'argent à plusieurs reprises.

C'était donc cela la nervosité de Callaghan.. Tu sais que devant la justice le casino ne peut rien faire, même pas le poursuivre. D'où la pression des agents de sécurité sur James. Mais bon assassiner un homme pour 3.000 Euros, je ne le crois pas. C'est bizarre cette histoire.

— Et pour les médecins des hôpitaux, s'ils ne veulent pas collaborer ? demanda Léo.

— Je vais appeler Mathilde Amelot pour qu'elle nous signe une perquisition en cas de refus. Dès que mes soupçons seront confirmés elle le fera, ne t'inquiètes pas.

— Mais pourquoi les hôpitaux, je ne comprends toujours pas ? rétorqua Léo.

— Réfléchis, Léo, le poison qui a tué notre victime a été modifié. D'après nos informations et ce que j'ai lu, cette dérive n'est utilisé qu'en oncologie. Les pharmacies ne vendent pas cette substance modifiée de ricine.

— Mais pourquoi avoir tué James Callaghan avec ce poison, c'est insensé ?

— Le puzzle se met en place, répondit Mathis

— Oh j'espère que tu as raison ! rétorqua Léo.

Nos deux policiers arrivèrent au *Vistrap*. Il était midi trente.

Soudain le klaxon d'une voiture les fit sursauter. C'était Annelies qui venait de terminer ses courses. Yoky était assis dans sa cage de transport, exténué. Il détestait le toilettage ! La décapotable d'Annelies luisait au soleil.

Ils s'empressèrent d'échanger quelques mots avec elle, car en pleine journée la circulation était très dense à Ostende. Quelques impatients commençaient déjà à klaxonner de plus en plus fort.

— Est-ce que Julius peut t'aider ? demanda Mathis.

— Oui il est venu ce matin, je lui ai laissé les clefs, il coupera également les fleurs et les roses fanées, répondit Annelies. Elle lui cligna de l'œil.

— Je pense rentrer aux environs de 19 heures, fit Mathis.

— D'accord, on va *A LA MARMITE* ce soir ? demanda Annelies.

— Oui, bonne idée !

— Heureusement que nous ne sommes pas tous les samedis d'astreinte, remarqua Léo, nos épouses monteraient sur les barricades. Ils rigolèrent.

— Estime-toi heureux de ne pas travailler chez *SCOTLAND YARD*, car eux travaillent même le dimanche en cas d'urgence, répliqua Mathis. La procureure est encore sympa et le maire également, ils auraient pu nous le demander.

La voiture d' Annelies démarra aussitôt.

— Viens Léo, je t'invite, tu veux quoi comme en-cas ?

— J'aimerais bien une salade aux crevettes grises avec des pommes de terre mayonnaise.

— Et comme boisson ?

— Un Coca Zéro..

— Bonne idée, je vais prendre la même chose que toi !

— Ah ces mouettes, fit Léo. On ne peut même pas manger tranquillement.

Après une vingtaine de minutes nos enquêteurs se rendirent de nouveau au commissariat. La cassette de surveillance de l'aéroport venait d'arriver. Léo prit deux cafés. Mathis sortit un moment et s'adressa à Michèle van de Lot.

— Michèle, as-tu déjà visionné la cassette ?

— Oui, Mathis, on voit une silhouette s'approcher de notre victime. On ne peut pas distinguer correctement l'assassin, hélas. Le ou la meurtrière est restée dans l'angle mort qui n'est pas sous surveillance pour assassiner Calean. Nous allons essayer de rendre l'image plus nette, cela va nous demander un peu de temps. Tu veux voir ?

— Oui Michèle, montre-nous l'enregistrement.

Mathis appela Léo et ils se rendirent au laboratoire de Michèle. Effectivement on ne pouvait pas distinguer avec précision de qui il s'agissait. De plus l'assassin portait un manteau dont la capuche couvrait le visage. On voyait juste qu'il abordait Calean, puis les deux hommes furent hors de portée de la caméra.

— Michèle essaie de faire au mieux pour l'enregistrement. Merci.

Ils sortirent du laboratoire.

— J'aimerais tout de même bien savoir qui était ce couple qui s'est disputé avec notre victime, s'exclama Léo. Notre enquête prend de l'ampleur. Et nous voilà avec deux meurtres sur le dos.

— Je vais appeler la procureure, il vaut mieux qu'elle l'apprenne de vive voix, rétorqua Mathis.

Après quelques minutes Mathis raccrocha.

Il lui avait expliqué les différentes pistes trouvées.

— Oh, elle est furax, il y a de quoi ! Avec deux cadavres, le maire fait également pression sur elle. Elle m'a dit que si on avait besoin d'un mandat de perquisition il fallait l'appeler de suite; que l'on doit faire vite, mais bon on ne peut rien précipiter !

Et pour suivre une piste, il en faut du temps, répondit Léo. Et nous en avons plusieurs ! Les dettes de jeu de James; de quoi est mort sa femme ? Le couple mystérieux du bar; la mort de son fils Calean. Et pour terminer, pourquoi a-t on utilisé ce poison de ricin ? La scientifique n'a pas trouvé l'arme du crime. Le ou la meurtrière ne l'a certainement pas laissé sur place. Ce serait une erreur grossière.

C'est un puzzle bien complexe décidément cette enquête.

— Je me demande encore si James n'était pas mêlé à ce trafic de "faux-monnayeurs" ? dit Mathis. Connaissait-il van de Belle seulement par leur ancien travail ? Connaissait-il le chef de gang ou le complice de van de Belle ? Que savait Calean pour qu' on le supprime ?

— Bon, on va commencer par mener l'enquête dans les hôpitaux dès que van de Belle aura signé sa déposition.

Un quart d'heure plus tard, van de Belle arriva au commissariat. Il signa sa déposition et repartit..

— Et si on le faisait suivre ? suggéra Léo. Deux de nos agents pourraient le filer une paire de jours. Ainsi on en aurait le cœur net.

— Bonne idée, Léo, je vais le leur dire de suite. Je pense que Mikael et Alwin sont de garde ce week-end. Gerda pourra s'en sortir toute seule, à la réception jusqu'à mardi au moins. A moins que j'appelle le commissariat de Bruges afin qu'il nous envoie du renfort ? C'est encore mieux.

— Allez je vais essayer, rétorqua Mathis.

Plus que non ils ne peuvent pas nous dire. Et ils nous doivent encore un service. Nous leur avons filé un coup de main dans l'arrestation des voleurs à la bijouterie *Stegmeier*.

— Allô, bonjour c'est Mathis Baert à l'appareil. Pourrais-je parler au commissaire van Leuken ?

— Allô, Mathis, c'est Pieter van Leuken à l'appareil, tu travailles également le samedi ?

— Oui, Pieter, Léo et moi sommes sur l'enquête d'un double meurtre, ça urge. Le maire et la procureure sont impatients. J'ai mis deux de mes hommes en poste d'observation devant la demeure d'un suspect potentiel, et je n'ai plus assez de personnel au commissariat.

— OK, je comprends, je vais t'envoyer Gerrit van Laiken. C'est tout ce que je peux faire, désolé. Tu sais ce sont les vacances et mes hommes sont partis.

— Bien, c'est sympa. Dis-moi peut-il arriver de suite ? Notre réceptionniste aura besoin de lui jusqu'à mardi au moins. Elle travaille seule, et avec les touristes, tu vois ce que je veux dire ?

De plus Gerda et lui vont relayer nos agents Mikael et Alwin après 12 heures, car ils auront besoin de dormir un peu. Si jusqu'à mardi ou mercredi on n'a rien découvert on arrête !

— Oui je vais lui dire de se mettre en voiture, dans une demi-heure il devrait arriver chez vous !

— Merci c'est gentil.

— Je t'ai renvoyé l'ascenseur, répondit Pieter.

Mikael et Alwin, les agents du commissariat d'Ostende se rendirent devant l'entrée de la demeure de van de Belle, dans l'espoir de découvrir quelque chose. Ils devaient faire attention que van de Belle ne les vois pas si jamais il sortait. Or il ne les avait pas rencontrés au commissariat lors de sa déposition, étant donné qu'ils travaillaient dans un autre bureau. Ainsi il ne pouvait pas deviner que c'était des agents de police.

— Bon. On va se rendre au premier hôpital, l'hôpital *Sainte Thérèse*, tu viens Léo.

— J'arrive.

Les inspecteurs montrèrent leur carte à la réception et posèrent des questions sur la femme de James Callaghan. Malheureusement la réceptionniste ne vit aucun nom de famille de la sorte dans son listing. Mathis et Léo continuèrent leur chemin quand soudain le portable de Mathis sonna. C'était Michèle van de Lot, la scientifique.

— Allo Mathis, tiens toi bien, concernant le portrait robot du couple, l'homme a été identifié. Nous avons visionné la cassette de surveillance plusieurs fois, je pense qu'à 90% c'était Calean, le fils de James. Pour la femme on ne sait pas encore, hélas.

— Merci Michèle, à tout à l'heure. Bon travail

— Alors ? fit Léo.

— L'homme sur le portrait robot du couple qui avait été vu avec James Callaghan était bien son fils Calean, rétorqua Mathis.

— Je me demande pourquoi ils se sont disputés, et qui est la femme qui les accompagnait ? demanda Léo.

Bien on continue, on verra cela plus tard. Décidément ce n'est pas aujourd'hui qu'on va résoudre ce meurtre, rétorqua Mathis.

Nos deux enquêteurs continuèrent leur chemin et s'arrêtèrent devant la clinique *Sainte Lucie,* qui était gérée par les soeurs de la congrégation de Ste. Elisabeth.

À nouveau ils montrèrent leurs cartes à la réception, mais hélas ils n'eurent pas plus de chance. Mathis regarda sa montre. Il était 16 heures. Le soleil brillait de toutes ses forces. Il faisait au moins 30 degrés à l'ombre. Les touristes se promenaient en ville. Les terrasses des cafés d'Ostende étaient bondées. Sur plusieurs coins de rue il y avait des mimes, des clowns, des musiciens.

— Attends une minute, Mathis. Je vais nous chercher deux bouteilles d'eau chez *OMAR*, avec cette chaleur cela devient insupportable. Quelques minutes plus tard Léo revint avec deux bouteilles d'eau minérale.

— Merci Léo, qu'est ce que je te dois ?

— Rien c'est ma tournée !

— Allez on continue, rétorqua Mathis.

Mathis et Léo arrivèrent devant la clinique *Mercure*. Cette fois la chance leur sourit.

Effectivement la femme de James avait été admise à la clinique. Mais la réceptionniste n'avait pas le droit de leur en dire plus. Elle ne faisait que suivre les directives. Elle ne voulut même par leur dire le nom du médecin traitant.

Mathis appela Madame la Procureure.

— Allô, Madame la Procureure, désolé de vous gâcher votre week-end, mais nous avons trouvé l'hôpital qui a soigné la femme de James Callaghan, notre victime. A la réception on ne veut pas nous en dire plus. Auriez-vous l'amabilité de nous signer une perquisition ? J'ai la conviction que la mort de sa femme est liée au meurtre de James.

— Vous savez Mathis, je n'ai plus de week-end depuis ces deux meurtres. J'espère que votre flair ne vous trompe pas, sinon on aura encore la plainte de cette clinique à gérer. Et cela risque de dégénérer en problème politique. Bon, venez chez moi, vous ou Léo, je ne bouge pas d'ici !

— Oh, soyez rassurée Madame, s'ils ne veulent pas collaborer c'est eux qui vont avoir une plainte sur le dos pour obstruction à la justice; ne vous faites pas trop de soucis, Madame la Procureure.

Mathis raccrocha.

— Tu veux que j'aille chercher la perquisition ? Oui je veux bien, merci Léo.

Léo partit chez la procureure. Après trente minutes il était de nouveau à la clinique Mercure.

Ils montrèrent la perquisition !La réceptionniste appela le médecin de garde. Ce dernier, un interne d'une trentaine d'années se dirigea vers eux. Nos policiers se présentèrent

— Bonjour Messieurs, je suis le Docteur Ben Sousa, interne en oncologie. Comment puis-je vous aider ? La réceptionniste m'a averti que vous enquêtiez au sujet de deux meurtres qui sont liés.

— Oui, effectivement, répondit Mathis. Nous enquêtons sur la mort de James Callaghan et de son fils Calean.

— Mais qu'est-ce que l'hôpital a à voir avec les deux meurtres ? Je ne comprends pas !.

— Utilisez-vous de la ricine pour alléger les souffrances des patients en oncologie ? demanda Mathis.

— Oui, Monsieur l'inspecteur.

— Une de nos victimes, James Callaghan, a été empoisonnée avec un dérivé de la ricine. Ce qui nous conduit inévitablement aux hôpitaux de la ville d'Ostende.

— Je comprends, rétorqua Ben Sousa.

— Avez-vous eu dans votre service la femme de James Callaghan, Mary, comme patiente ? Elle est décédée il y a à peu près deux ans.

— Si vous voulez bien me suivre, nous allons dans le bureau du médecin chef, Messieurs, je dois consulter le dossier de Madame Callaghan, car ce n'est pas moi qui ai suivi son traitement, mais le docteur Niklas Rubbrecht.

Il commença à fouiller dans les dossiers, quand il s'écria :

— Je me souviens maintenant. Elle s'est présentée un samedi matin à l'hôpital il y a un peu plus de deux ans. Elle avait une grosseur au sein droit. C'est tout ce dont je me souviens. Oui, effectivement le médecin en chef lui a administré un médicament le *LOXI* en infusion.

Il contient de la ricine. Malheureusement elle n'a pas survécu au traitement. La radiothérapie n'a pas fait de miracle non plus, hélas.

— Pouvez-vous nous donner un échantillon de ce ? Nous allons le faire analyser par notre scientifique, rétorqua Mathis .En plus nous aimerions avoir une copie du dossier et une copie du listing du *LOXI* qui a été utilisé dans votre service. Merci Docteur.

— Bien sûr, un instant..

— Où peut-on trouver le Docteur Rubbrecht ? demanda Léo.

— Oh, il ne viendra à la clinique que lundi matin, dois-je l'avertir ? fit Ben Sousa. Il est à un congrès d'oncologues à Genève.

— Non, ne l'appelez surtout pas, sinon vous risqueriez une plainte pour entrave à une enquête en cours. Vous m'avez bien compris? Nous voulons juste l'interroger en tant que témoin, rien de plus. Nous allons attendre jusqu'à lundi matin. En attendant, tenez-vous à la disposition de la justice, ne quittez pas Ostende. Nous aurions besoin de votre témoignage. Vous pouvez venir lundi matin au commissariat de police pour signer votre déposition ?

Un agent s'occupera de vous.

— Très bien Messieurs, j'y serai. Je vais demander également à notre réceptionniste de rester discrète. Mais sérieusement Messieurs, je ne pense pas que le docteur Rubbrecht ait quoi que ce soit à voir avec la mort de Monsieur Callaghan. Il est parti vendredi après midi vers 16 heures pour Genève.

En sortant, Léo s'adressa à Mathis :

— Crois-tu que le médecin ou son personnel soient innocents ? dit Léo.

— Il faut d'abord voir ce que dira Rubbrecht lundi !

Quelques minutes plus tard, nos inspecteurs se trouvaient de nouveau au commissariat d'Ostende. Mathis téléphona de suite au commissariat de police de Genève. Il demanda à ses collègues de surveiller le docteur Niklas Rubbrecht. C'était plus sûr. Il leur en expliqua les raisons.

Après 10 minutes ils se dirigèrent vers le casino. Ils furent reçus par le directeur.

Il confirma que les gars qui avaient été pris en photo étaient bien les employés du casino. Mathis l'invita à passer au poste dès lundi pour signer sa déposition. Dieu Merci, il restait encore Betty l'assistante policière, pour les dépositions de témoins. Cette enquête s'avérait difficile.

Maintenant, pensa Mathis, il faut encore savoir pourquoi on a tué James ? Et si c'était le même poison qui avait servi à soigner sa femme ? Qu'avait à voir Calean dans cette histoire ? Ils en savaient trop sur quelque chose.

— Dis Léo, je pense qu'on a bien mérité notre soirée ! Suggéra Mathis.

— Oh oui, on se voit lundi 8 heures ? rétorqua Léo. En espérant que ce docteur Rubbrecht éclaire un peu notre lanterne.

— Mince j'ai oublié nos pauvres gars qui font le guet chez van de Belle.

Mathis téléphona de suite. Les agents étaient toujours en poste devant le suspect, bien cachés près d'une haie de jardin.

Van de Belle n'était pas sorti. Les policiers devaient être relayés dimanche matin par Gerda et Gerrit.

Mathis et Léo se dirigèrent vers leur voiture. Mathis pensa :

« Je suis presque certain que lundi va nous porter chance pour notre enquête.»

Il appela Annelies pour l'avertir de se préparer pour leur dîner.

Dix minutes plus tard, voici les jeunes époux partis pour leur soirée bien méritée à *LA MARMITE*.

LA MARMITE était un vieux restaurant Ostendais bien connu. On y servait d'excellents plats de poissons mais également des crustacés. L'intérieur de *LA MARMITE* était décoré en bois de chêne clair, tel un bateau. De petits tableaux marins ornaient les murs. Des filets de pêcheurs étaient attachés à la poutre principale. Une ancre marine transformée en lustre était fixée au plafond. Les serveurs étaient habillés de tabliers noirs et rouges. Le patron et son épouse étaient très aimables et avenants.

Annelies avait choisi de la lotte à l'armoricaine, Mathis lui adorait les moules au vin blanc.

Après un dîner exquis nos époux rentrèrent à la maison. Mathis était heureux d'avoir pu passer un peu de temps avec Annelies. Vers 22 h 30 heures les Baert arrivèrent devant leur maison aux briques rouges. Dans l'obscurité on pouvait voir les yeux jaunes de la chouette. Les grillons étaient de nouveau au travail en offrant à ceux qui voulaient bien l'entendre un beau concert à l'aide de leurs élytres. Yoky leur fit fête. Annelies ouvrit la porte fenêtre de la cuisine pour qu'il puisse se soulager avant d'aller les rejoindre dans le salon. Il se coucha devant leurs pieds et remua tout doucement sa petite queue.

Mathis alluma le poste de télévision. Une heure plus tard ils étaient somnolents et ils montèrent se coucher. La chaleur et une semaine bien chargée les avaient exténués. Yoky les suivit et il se coucha dans son petit panier devant leur lit.

Vers 8 heures du matin Mathis se leva et prépara la table et le café. Il avait acheté la veille, sur le chemin du retour, 2 croissants au chocolat. Yoky était déjà rassasié !

Il monta prendre sa douche. Après une demi-heure Annelies se leva.

Elle était contente de voir la table mise et la cafetière près de sa tasse. Mathis avait sorti un vase dans lequel il avait mis des roses rouges de leur jardin.

— Décidément chéri, tu veux te faire pardonner quelque chose, fit-elle en riant.

— Veux-tu passer une partie de la journée à Bruges, chérie ? suggéra Mathis.

— Bonne idée, cela va nous faire du bien de faire un petit tour sur les canaux de la ville. On déposera Yoky chez maman tout à l'heure. Je vais l'appeler.

Yoky monta dans sa cage de transport. Il était content et aimait les balades en voiture. Ils arrivèrent devant une petite maison en dehors de la ville. Margriet van Kampen, la mère d'Annelies, était heureuse de s'occuper de Yoky. Elle était veuve depuis quatre ans et elle adorait Yoky.

Lui en était fou car elle jouait beaucoup avec lui et ils aimaient se promener ensemble. Ils discutèrent ensemble et Margriet leur proposa un café. Les Baert s'en allèrent rapidement et leur voiture prit la direction de Bruges. Ils garèrent leur voiture près de la gare et prirent le bus pour le centre ville. Des touristes japonais prenaient des photos. Des carrosses tirées par des chevaux étaient nombreux. Les pauvres bêtes, pensa Annelies ! Ils firent un tour sur les canaux. C'était revitalisant !

Après un déjeuner dans une pizzeria ils visitèrent le musée de la frite.

— Intéressant tout ce que l'on peut faire avec des pommes de terre, dit Mathis. Je me sens fatigué Annelies, ces deux meurtres m'ont achevé.

— Pas de soucis, on rentre et on reprend Yoky chez maman. Je l'appelle. Moi aussi je commence à être fatiguée.

Vers 17 heures les Baert étaient rentrés. Annelies s'occupa de la lessive qu'elle avait mise en route juste avant leur départ.

Ensuite elle et Mathis se mirent au jardin pour lire un peu. Annelies leur servit un thé à la menthe. Après le dîner ils regardèrent encore un reportage sur les reptiles en Amazonie.

Vers 22 h 30 heures les Baert montèrent se coucher. Encore un dimanche de passé, mais ensemble pensa Annelies.

La chouette avec ses petits yeux jaunes et les grillons se réveillèrent quant à eux. L'on entendit leur concert dans l'obscurité !

Yoky était endormi et rêvait d'un gros morceau de jambon.

Vers 6 h 45 heures le réveil sonna. Le lundi était arrivé, hélas ! Mathis et Annelies prirent leur douche. Yoky avait fait ses besoins dans le jardin.

Ils prirent leur petit-déjeuner, des céréales avec du lait.

— Allez, fit Mathis en sortant, bonne chance avec les commissaires aux comptes, chérie.

— Et toi Mathis, j'espère que toi et Léo allez enfin attraper l'assassin. Tu m'appelles quand tu rentres ?

— D'accord chérie, je ne sais pas à quelle heure, mais dès que cette enquête sera terminée, nous allons partir quelques jours en vacances. Je te le promets.

Mathis arriva au commissariat vers 8 heures. Léo était déjà en train de lire la *VLAAM'S PRESS*.

— Alors que disent-t-ils sur nos deux victimes et sur nous ? demanda Mathis.

— Oh, ce qui est étonnant rien de négatif sur nous, je pense que Madame la Procureure a dû appeler le journal, répondit Léo. Il y a également un portrait robot de la femme qui a accompagné Calean Léo J'espère qu'elle ou un témoin vont nous appeler.

Après un café pris à la va vite, voici nos deux enquêteurs en route pour la clinique *Mercure*. La réceptionniste les reconnut, mais cette fois-ci elle appela le docteur Niklas Rubbrecht. Un homme d'une quarantaine d'années leur serra la main. Il portait une blouse blanche. Une paire de lunettes noires ornaient un visage bien sympathique.

— Bonjour Messieurs. Notre réceptionniste m'a dit que vous vouliez me parler. Si vous voulez bien me suivre jusqu'à mon bureau. Merci.

— Docteur Rubbrecht, connaissiez-vous Madame Callaghan ? Elle est morte il y a un peu plus de deux ans à cause d'un cancer, dit Mathis.

— C'est possible, vous savez j'en ai soigné des malades pendant tout ce temps que j'ai exercé ici à la clinique. Mais je pense que vous n'êtes pas venus ici pour me parler d'une de mes anciennes patientes ?

— Non, nous sommes déjà venus perquisitionner ici vendredi. Nous avons été reçus par le docteur Ben Sousa. Il nous a fait une copie du dossier de Madame Callaghan. Nous l'avons prié d'être discret. En effet, son mari, James Callaghan a été assassiné dans la nuit de jeudi à vendredi. L'assassin lui a administré un poison dérivé de la ricine. Notre brigade scientifique est en train d'analyser ce poison pour voir s'il correspond à celui qui est utilisé dans votre clinique, fit Mathis.

Le visage de Rubbrecht s'assombrit.

— Mais vous ne pensez tout de même pas que j'ai assassiné le mari de ma patiente ?

— J'ai effectivement vu Monsieur Callaghan bien plus tard; il m'avait accusé de charlatanerie, et il pensait que j'étais responsable de la mort de sa femme. Il a juré qu'il aurait ma peau. Mais je n'ai pas tué cet homme, je vous l'assure. Il était accompagné de son fils Calean. Je leur ai expliqué que Madame Callaghan avait un cancer du sein qui était hélas trop avancé et qui s'était propagé également aux poumons. Le *LOXI* n'a pas agi malheureusement. Et Madame Calean ne supportait pas très bien son traitement. C'est pour cette raison que la famille a pensé que j'avais la mort de Madame Calean sur la conscience. C'est la maladie qui l'a tué et non le médicament. Je vous l'assure!

— Donc il vous a menacé, et il a menacé votre réputation à la clinique ? fit Léo. Est-ce que vous lui avez donné de l'argent pour qu'il se taise ? Vous savez que l'on va éplucher votre compte bancaire, car vous aviez un mobile de taille docteur Rubbrecht.

— Tout m'accuse et vous n'allez certainement pas me croire, mais je n'ai pas tué cet individu.

Et oui cela a terni ma réputation, car il reste toujours quelque chose, vous savez.

— Il n'est pas le seul dans cette sale histoire, son fils Calean est mort également. Il a été poignardé à l'arme blanche, fit Léo. .En aviez-vous parlé à un de vos collègues, ou à votre famille ? Qui était au courant des menaces proférées par Callaghan à votre encontre ?

Rubbrecht avait changé de couleur. Il était blanc. De grosses perles de transpiration ruisselaient sur son front.

— Laissez-moi réfléchir, j'en ai parlé à ma femme et à ma secrétaire.

— Il y avait également une infirmière qui était au courant, Mademoiselle Marie-Claire van de Beaukelaer. Elle était présente le jour où Callaghan m'avait menacé.

— Vous pouvez éplucher ma comptabilité et celle de l'hôpital, je n'ai rien versé à cet homme, car je suis innocent !

— C'est ce que notre brigade financière va faire.

— Pouvez-vous nous dire encore ce que vous faisiez à l'heure du premier assassinat ? Est-ce que quelqu'un peut témoigner pour vous? C'est important docteur, car cela pourrait vous décharger des soupçons qui pèsent sur vous, fit Léo.

— Bon, il ne faudrait cependant pas que ma femme l'apprenne car je lui avais dit que j'étais parti jeudi soir pour Genève. J'entretiens une liaison avec ma secrétaire, Mademoiselle Dominique de Ker. Notre ménage ne marche pas trop bien en ce moment. J'étais avec elle.

— Nous allons dans son bureau, nous serons discrets ne vous inquiétez pas.

— Pour le deuxième meurtre vous étiez à Genève, nous vous avions fait surveiller, fit Mathis.

— Tenez-vous à la disposition de la justice docteur, ne quittez surtout pas Ostende. Vous allez nous revoir d'ici peu.

Deux minutes plus tard, les policiers se trouvèrent dans le bureau de la secrétaire de Rubbrecht, Dominique de Ker. Elle rougit quand ils lui posèrent des questions. Mais elle confirma les dires du médecin. Elle devait être âgée de trente ans à peine.

— Bon, je pense que je vais aller interroger cette Mademoiselle Marie-Claire van de Beaukelaer, dit Léo.

— Et moi, je vais aller interroger la femme de Rubbrecht.

— Je serais discret fit-il à Léo, et il cligna de l'oeil.

Marie-Claire était une jeune femme de 35 ans. Des lunettes rouges encadraient un visage souriant. Elle portait une blouse blanche.

— Bonjour Monsieur l'inspecteur. Que puis-je faire pour vous aider ?

— Nous enquêtons sur deux meurtres, Mademoiselle. James Callaghan et son fils Calean ont été assassinés. Madame Callaghan était une des patientes du docteur. Elle est décédée suite à un cancer.

— Vous étiez présente au moment des menaces que Calaghan a proférées à l'encontre du docteur Rubbrecht, n'est-ce pas ?

— Ah oui, je me souviens. Ah cet homme avait bu quand il est venu ici. Le pauvre docteur a eu un choc. Il l'avait menacé de détruire sa carrière. Mais ce n'est pas le médicament qui a tué Madame Calean, mais sa maladie qui était trop avancée.

Vous vous rendez compte. Comment peut-on vouloir faire du mal à cet homme si gentil et compétent !

— Où étiez-vous dans la nuit de jeudi à vendredi, et samedi matin aux environs de 10 heures, demanda Léo.

— C'est grotesque Monsieur l'inspecteur, vous n'allez tout de même pas m'accuser de meurtre ?

— Je cherche la vérité Mademoiselle et je fais mon travail.

— Veuillez répondre, Mademoiselle.

— Dans la nuit de jeudi à vendredi j'étais chez moi dans mon lit, seule. Et samedi matin je suis allée faire mes courses chez *Spaar* de 9 heures à 10 heures.

— Très bien, veuillez vous tenir à la disposition de la justice, nous serons amenés à nous revoir. Après votre travail veuillez venir au commissariat pour signer votre déposition. Merci.

Au même moment Mathis était en train d'interroger Madame Maria Rubbrecht. C'était une femme très élégante. Elle portait un chemisier bleu clair et un jean. Son eau de toilette à la vanille lui allait parfaitement bien.

Il lui expliqua comment, à quelle heure et quel jour on avait découvert les corps. Elle était effrayée. Mathis constata qu'elle ne jouait pas la comédie.

— Croyez-vous que mon mari ait assassiné ces deux personnes inspecteur ? Sérieusement ?

— Il ne m'était pas toujours fidèle, ne croyez pas que je sois naïve, mais de là à avoir supprimé ces deux hommes, je n'y crois pas un instant ! Monsieur l'inspecteur, mon mari était anéanti après que ce Callaghan l'ait menacé. C'est un excellent médecin et pas un charlatan, je vous l'assure. Ce n'est pas parce que c'est mon mari, mais c'est la vérité. Et cette histoire avait nuit à sa réputation.

Veuillez me dire encore Madame où vous étiez à l'heure des deux crimes, s'il-vous-plaît ?

— Ah pourquoi, je suis suspecte également ? rétorqua Maria.

— Désolé Madame, je dois mener une enquête pour meurtre, ce sont des questions de routine. Vous savez les gens peuvent supprimer quelqu'un pour divers motifs.

— Vendredi soir je suis allée dîner avec une amie, Annalena van der Kerken. Voici son numéro de téléphone, vous pouvez vérifier.

— Et samedi matin je suis allée chez mon dentiste. J'y étais entre 9 et 10 heures. Il m'a arraché une dent. Voici ses coordonnées.

— Je vous remercie pour votre témoignage, Madame.

— Auriez-vous l'amabilité de venir signer vos dires au commissariat?

— Bien-sûr.

— Merci de ne pas quitter Ostende, Madame Rubbrecht, tant que cette enquête n'est pas terminée.

Et Mathis quitta la demeure des Rubbrecht. Il passa deux coups de téléphone pour vérifier l'alibi de Madame Rubbrecht. En effet, elle avait dit la vérité.

Dans son for intérieur il était persuadé que Maria n'avait pas le profil d'une meurtrière. Elle avait beaucoup de classe. Il n'avait pas l'impression qu'elle ait menti.

De retour au bureau, Léo lui adressa la parole :

— Écoute Mathis, j'ai un drôle de pressentiment en ce qui concerne cette Marie-Claire van van de Beukelaer. Elle n'a pas vraiment un alibi en béton pour les deux meurtres. Nous devrions vérifier les vidéos de surveillance du *Spaar*. Elle prétend qu'elle y était faire ses courses samedi matin.

— Et toi ?

— Madame Rubbrecht semble être une femme sérieuse et qui a beaucoup de classe.

— Allez je vais chez *Spaar* !

— Ah avant que je n'oublie, la responsable de la brigade financière a appelé; Marianne Puttmans. Juste deux minutes avant que tu ne viennes. Ils n'ont rien trouvé de suspect en ce qui concerne les comptes du docteur Rubbrecht.

— Bien, le voilà blanc comme neige ou presque.

Soudain le portable de Mathis sonna. C'était Michèle van de Lot.

— Michèle, comment vas-tu ? Tu as du nouveau ?

— Nous avons repassé la vidéo - surveillance encore une fois. Le reflet du visage de l'assassin, nous avons pu le voir, enfin son reflet, dans une glace de la porte d'entrée. Tiens toi bien, c'est une femme. Mes gars sont allés demander des vidéo - surveillances avec vue sur le parking. On a travaillé tout le dimanche là-dessus. C'est bien d'une femme dont il s'agit. Je te transmet ce que l'on a découvert. Nous avons également épluché les numéros d'appels de Calean et James. Je vous remets aussi ce numéro avec la photo. C'est un numéro qui correspond à une certaine Marie- Claire van de Beukelaer. Elle les a contactés tous les deux.

— Merci Michèle, vous avez fait un travail remarquable. Et il raccrocha.

— Attends Léo, Michèle van de Lot vient d'appeler. Elle nous transmet des photos de surveillance du parking de l'aéroport. Il paraît que ce sont celles de Mademoiselle de Beaukelaer.

Deux minutes plus tard le fax arriva. Devant eux se trouvait la photo de Marie-Claire van de Beukelaer, l'infirmière du docteur Rubbrecht qui sortait de sa voiture.

Elle était en train de mettre ce fameux manteau avec une capuche qui lui couvrait le visage.

— Léo, plus besoin d'aller chez *Spaar*, le piège se referme.

Le portable de Mathis sonna de nouveau. C'était Mathilde Amelot, la Procureure.

— Bonjour Mathis, alors où en est cette enquête, avez-vous du nouveau ?

— Oui Madame la Procureure nous sommes en route pour arrêter la coupable. Nous allons avoir ses aveux. Laissez-nous un peu de temps. Surtout pas un mot à Monsieur le Maire. Je vous rappelle dès que possible.

— Super bonne nouvelle, je suis impatiente, rappelez - moi vite!

Et Mathis raccrocha.

Dix minutes plus tard, nos enquêteurs étaient à nouveau à la clinique *Mercure*.

Quand Marie-Claire les vit, elle voulut fuir, mais Mathis la rattrapa par le bras.

— Mademoiselle van de Beaukelaer, je vous arrête pour le meurtre de Calean Calaghan. Nous avons des preuves accablantes contre vous. Vous étiez à l'aéroport samedi matin. Une caméra de surveillance vous a filmé au moment où vous sortiez de votre voiture. Votre alibi ne tient plus. Je pense que nous n'aurons pas de mal à prouver que vous avez assassiné également James Callaghan.

Notre laboratoire va prouver que le médicament à la ricine, le *LOXI*, que vous lui avez injecté à hautes doses, dans la nuit de jeudi à vendredi, est du même lot que celui de la clinique. Vous vouliez certainement acheter leur silence pour protéger le docteur Rubbrecht, n'est-ce pas ? Mais il n'avait rien à se reprocher, il n'a pas commis d'erreur. Vous étiez aveuglée par la vengeance, car vous aimez le docteur Rubbrecht ! Les meurtres étaient absurdes et inutiles ! Nous avons les preuves que vous avez contacté les Calean. Vous leur aviez donné rendez-vous pour qu'ils cessent d'importuner le docteur, mais eux ne voulaient rien savoir.

Vous étiez au courant que Calean allait venir à Ostende.

Elle ne répondit pas.

— Tout ce que vous direz pourra être retenu contre vous. Vous avez le droit de garder le silence. Vous pouvez téléphoner à un avocat. Si vous n'en avez pas, il vous en sera commis un d'office.

— Je refuse de vous suivre, le docteur Rubbrecht a besoin de moi ici. Je n'irai nulle part sans lui. Je l'aime. Et elle se mit à pleurer et à se débattre comme une déchaînée. Mathis et Léo avaient du mal à la retenir.

— Oui j'ai tué ces imbéciles, ils voulaient ruiner la réputation du docteur Rubbrecht. C'est un homme merveilleux et très compétent. J'étais sa maîtresse avant qu'il ne sorte avec cette Dominique de Ker, cette traînée. Il avait perdu beaucoup de ses patients à cause de cette histoire !

Juste au même moment Rubbrecht arriva. Il n'en crut pas ses yeux. Il devint livide.

— Marie-Claire c'est vous. Mais pourquoi avez-vous tué ces deux personnes ?

Elle ne répondit pas. Elle baissa la tête. Léo l'emmena dans la voiture de police.

— Docteur Rubbrecht, Mademoiselle van van de Beukelaer vous aime encore. Elle voulait vous protéger contre les Callaghan, rétorqua Mathis.

— Quoi ! Mais cela fait plus de deux ans que nous avons rompu ! Décidément, c'est une bonne leçon pour moi toute cette histoire. Dommage Marie-Claire était une personne très compétente. Je vais démissionner, c'est la meilleure solution pour tout le monde. Je trouverai bien un autre poste dans un hôpital des environs. Cela va faire beaucoup trop de vagues ici. Et cette décision fera du bien à notre couple, je pense que ma femme sera ravie. Merci d'avoir trouvé l'assassin, Monsieur l'inspecteur principal.

Mathis se rendit avec Léo au commissariat de police. Marie-Claire était assise dans la voiture. Elle ne bougeait plus. Elle avait l'air abasourdi. Ils la déférèrent devant le juge.

Dès son retour il téléphona à Mathilde Amelot. Elle ne pouvait plus contenir sa joie.

Mathis regarda sa montre. Il était 11h 45 heures et son estomac lui signifia que c'était bientôt l'heure de déjeuner.

Soudain la porte de son bureau s'ouvrit. Une jeune femme entra. Elle portait un pantalon blanc en toile et un T-shirt marin. Elle avait les cheveux roux.

— Bonjour Messieurs, il parait que vous me recherchez ? J'ai aperçu mon portrait robot dans les journaux, ainsi que celui de Calean. Le portrait robot se trouvait dans la presse irlandaise.

— Bonjour Madame, fit Mathis. Oui nous travaillons également avec l'Irlande pour le meurtre de Monsieur Calean Callaghan.

— Pourriez-vous décliner votre identité ?

— Je m'appelle Dorothy Callaghan, je suis la femme de Calean.

— Pour une surprise, c'en est une. Nous vous présentons nos sincères condoléances, dit Léo

— Merci. Je savais que cette histoire allait mal se terminer. Calean et moi avions revu James quelques mois auparavant. Nous étions au *ST. PATRICK's* bar. Je voulais qu'ils arrêtent tous les deux de harceler ce médecin. James ne voulait pas m'écouter. Il était persuadé que ce médicament à la ricine avait tué sa femme. Il voulait prendre un avocat pour qu'il soit inculpé. Et vous voyez où cela l'a mené. Il a entraîné mon mari dans cette histoire sordide.

— Avez-vous trouvé l'assassin ? demanda-t- elle.

— Oui Madame nous venons tout juste d'arrêter la coupable, répondit Mathis.

— Comme ce n'est pas encore officiel, vous apprendrez son nom demain dans la presse ou ce soir dans le journal télévisé. La coupable se trouve chez le juge d'instruction.

— Veuillez encore signer votre déposition. Merci.

Vers 13 heures Mathis et Léo se trouvèrent sur les quais d'Ostende.

Ils allaient se chercher un petit en-cas. Les mouettes virevoltaient au dessus de leurs têtes. Le soleil brillait de toutes ses forces. Le *Vistrap* était bondé de touristes.

Le portable de Léo sonna. Quand il eut raccroché, il dit :

— Dominique vous invite à dîner ce soir. N'oubliez pas Yoky.

— Bonne idée, nous avons de quoi fêter, répondit Mathis. Je vais appeler Annelies.

Annelies était heureuse. Son mari et Léo avaient mis l'assassin sous les verrous. Et les commissaires aux comptes étaient enfin repartis. Ils n'avaient rien trouvé d'exceptionnel à la mairie. Ils allaient envoyer leur rapport en semaine.

L'enquête était enfin terminée. La vie normale à Ostende reprenait son cours. Les Baert allaient enfin pouvoir partir en vacances.

Ce roman est basé sur la pure imagination de l'auteur.

Les personnages et situations ont été inventés de toute pièce.

Toute ressemblance serait due au fruit du pur hasard.

Je remercie Angèle et Marie-Josée pour leur aide

Mes amis et connaissances pour leur soutien

Ma mentor, l'écrivaine Mahlya de Saint Ange pour son soutien

BoD qui m'a permis d'être éditée !

© 2021, Eliane Schierer

Édition: BoD – Books on Demand,

12/14 rond-point des Champs-Élysées, 75008 Paris

Impression: BoD - Books on Demand,

Norderstedt, Allemagne

ISBN: 9 782322 179909

Dépôt légal : Août 2021